茶门

陈荣军 著

北方文艺出版社

哈尔滨

图书在版编目（CIP）数据

茶门／陈荣军著. -- 哈尔滨：北方文艺出版社，
2025. 6. -- ISBN 978-7-5317-6590-5

Ⅰ. I267

中国国家版本馆 CIP 数据核字第 20255M15W7 号

茶门
CHA MEN

作　者／陈荣军
责任编辑／陈嘉琦　　　　　　　　　装帧设计／肖景然

出版发行／北方文艺出版社　　　　　邮　编／150008
发行电话／（0451）86825533　　　　经　销／新华书店
地　址／哈尔滨市南岗区宣庆小区 1 号楼　网　址／www. bfwy. com
印　刷／四川科德彩色数码科技有限公司　开　本／880mm×1230mm　1/32
字　数／180 千　　　　　　　　　　　印　张／7.75
版　次／2025 年 6 月第 1 版　　　　　印　次／2025 年 6 月第 1 次印刷
书　号／ISBN 978-7-5317-6590-5　　　定　价／68.00 元

作者简介

陈荣军

　　资深财经记者、财经作家。著有《中国服装业的
硅谷》《创意即财富》《玉润天下》《海阔天空》及诗
集《所有》等书。

序

一鸟飞来，落在露台的树枝上，啾啾数声，又引来两鸟，几鸟转了转头，便唧啾聊起来。我隔着落地窗看它们，猜它们是好伙伴。与同频的人一起，说些相应的话，是一大乐趣，看来鸟也一样。

露台，一树茶花兴已尽，一株老蔷薇顶着数十串欲放的花苞在微风中呈微醺状，而几棵玫瑰正艳红。这样的时刻，敲击几下键盘，交代一下为什么要写《茶门》显得颇合时宜。

　　我对茶有深沉的眷恋，早些年还在手机上创作了一首以《茶》为题的诗：

　　你是天地的奇迹

　　汤色映润七彩宝光

　　照亮了所有人生

　　无分高低贵贱

　　没有一种植物

　　与人类联系如此紧密

　　不管他挥汗如雨

　　还是羽扇纶巾

　　你的因子全浸融到血脉里了

序

你是生命的河流

日夜流淌

盘旋曲折跌宕起伏

又蕴含了沿途旖旎风光

人生滋味苦涩甘甜层层呈现

你是忙碌生活的岸边

所有的劳累

在与你拥抱亲吻中稀释

汤色中万千气象

给人以无限遐想与自在启迪

可以这样说，数十年来，我与茶相处甚好，趣乐无穷。我想爱茶者的感受是一致的。

茶，饮而解渴。茶源自神农尝百草，神农曾日遇七十二毒，服茶而解之，这我们不做细论，但其内在的各种成分能提神醒脑，解人之渴，无不以为然。人在口渴之时，饮三大杯白开水，喝得肚子晃一晃咚咚响，口还是渴，而一杯好茶下去，渴意即去无踪影，人便浑身舒爽。

茶，闲而有聊。人总是有忙有闲，忙时光阴倏地溜走了，且不去说它。一有闲，人面对一段空余时光反而会觉得无聊。垂钓、搓麻将、摄影、旅游之类皆可消闲，但费劲儿。然茶念一起，三两朋友凑在一起，喝着新上或旧藏的茶，聊对各色茶的体味，聊生活所见所闻，话自不绝如流，聊不胜聊，还何来无聊，当是酣畅淋漓。

茶，谈而易成。市场经济，人们有许多信息要交流，也有合作要商谈，茶桌是一个轻松而易成的平台。人们发觉，酒桌上讲的话是有"酒精度数"的，当不得真，一句"酒话你也信"，使你前功尽弃。而茶桌上大家都清醒着，一是一，二是二，所谈合作常有正果。若双方对茶有共同爱好，很容易成为朋友，长久合作也就水到渠成。

茶，乐而可享。茶乃天地之精华，各地由于土壤、气候、海拔、云雾等诸多条件不同，所产之茶色、香、味、形均颇为独特。细细品味，如云游大千世界，气象万千，令人心驰神往，乐不可支。

茶，禅而可悟。茶禅一味，品茶，运用眼、耳、鼻、舌、身、意，感受色、声、香、味、触、法。"万丈红尘三杯酒，千秋大业一壶茶"，茶道蕴含天道，天道昭示人道，人为万物灵长，以诚事茶，或可刹那顿悟。

茶，养而可寿。世界健康饮品排名，茶为第一，多年来没有争议，国际公认。茶中所含茶多酚、氨基酸、茶多糖、生物碱、维生素、蛋白质、矿物质等成分，对人体补益非常明显。每天合理饮茶使人呈现年轻态，这是有目共睹的。

茶有凡此种种好处，所以这些年来喝茶之风大兴，饮者云集。

朋友们虽爱喝茶，但各有所事，时间宝贵。所以，多数朋友消闲、谈事，茶是喝着，但对茶本身多是一知半解，也实属正常。偏偏人有探知的欲望，各种茶又因营销驱使层出不穷，令人目不暇接。为使自己在喝茶的群落里有一席之地，做一个有聊之人，一些朋友总想弄明白所喝之茶的来龙去脉，以便更为丰富、完满地享受茶给工作、生活、生命带来的快乐。我对此深表理解。

在喝茶的场合中，我频繁地与众多发问的茶友互动，也无数次为朋友们聊说本人对茶的见解，朋友们也多客气地表示受益匪浅，但这一工作似乎没有穷尽。

我觉得，要对一事物建立有效的认知，应先在大脑中构筑该事物的整体框架，就像了解世界大事，先要有一个世界地图的概念，才不会误以为乌克兰、以色列处于非洲或美洲。但我却发现一些朋友常有搞不清"岩茶是黑茶还是青茶"之类的问题，这就是他们大脑中对六大茶类的架构没有建立起来的缘故。建立架构，再随时充实内容，读、听、聊、喝所获得的知识皆可清晰归档，并且树立了鉴别真假信息的参照标杆，这样我们对某方面的知识就会日渐明晰饱满起来，否则所获的只是一团乱麻。因而我觉得还是写一本茶的通识书更有效、更有意义，朋友们也一致赞同。想法既成，我便在电脑里将书名敲定为《茶门》，其意不言而喻。

我觉得《茶门》既不能搞成乏味的学术著作，什么茶树种植、土壤成分分析、茶叶的病虫害防治之类，那是专业人士去研究的，咱就喝杯茶，工作够累，想在这一场景轻松轻松，不能一本正经，若书没有可读性，有书等于无书；此书又不能搞成商业利益太重的天花乱坠的大忽悠，读者费了时间去阅读，获得的净是些谬误百出的坑，弄得"假作真时真亦假"，过莫大焉。

《茶门》写作的指向，是一本融可读性与茶通识于一炉的，又不乏诗意的实用性读本。其体例结构是开放性的，均独立成篇，读者可以挑着读，以应急需，若是整体读毕，对茶的常识必已成竹在胸，在任何喝茶场景都可泰然处之，并可与各色茶友从容聊谈，店家也会将你看作懂行之人而以好茶款待，不会敷衍了事。

我本散淡之人，各篇文字也是有闲时在键盘上敲击几下所得，内容还清浅如秋水，不够丰腴，好在框架已成，而结构是开放的，以后尚可随时写些文字加入其中。时有朋友催着要书出来，那就先这样与读者见面吧。

露台的几棵树，飞鸟常来落脚，有时停停便逸去，有时呼朋引类，叽喳有瞬。我望望它们，觉得这几棵树很像是我们喝茶的场所，我相信鸟儿们也常在此消闲、聊天的。

露台的花，四季次第开放，繁花亮出的颜色均透着喜悦。茶是神奇的叶子，也是开在心里的花朵。与茶有缘，内心是温润的。

陈荣军

2024 年 5 月 8 日

目录
CONTENTS

六大茶类，聊聊茶的大家庭

茶如今算是热起来了，非常热。交友、待客、处世、休闲，没有茶，不聊聊茶，便会觉得少了点儿什么，甚或索然无味。但多数人对茶的认知，总像是水面悬着的几点浮油，入不到内里。今天听谁说上几句，明天听另一个人侃上一通，时间一长，全是一锅杂碎，而且韭菜当大葱，麦苗混其间，真假难辨。

我办公室的墙上，总是挂着两幅地图。一幅是中国地图，另一幅是世界地图。作用是国内外哪里有大事发生，离我们多远，水陆空路径，地图上一定位，一目了然；还有组织团队搞活动，或休闲远足，去的处所、经过之地，能做到胸中有数。这就是说，我对认识事物有一个在整体架构上必须明晰的要求，否则连阿富汗、叙利亚、乌克兰、以色列在哪个地理位置都搞不清，怎么能清醒地认识世界热点事件呢。

对于茶也一样，必得先在自己的头脑里建立一个明晰的架构，这样在日常学习、交流、品味中所领悟到的关于茶的点滴知识，就会自然而然地归到恰当的点位，并与原来有用的知与识粘连到一起，形成自己的茶的知识链，日渐丰富自我的茶识。随着时间的推移，日积月累，便能去伪存真，自然生发出真知灼见。

建立茶的知识架构，大脑里先要有六大茶类的**概念**。

我们可以将一切接触到的茶归纳到六大茶类中。六大茶类按颜色分为绿茶、白茶、黄茶、青茶、红茶、黑茶。这个颜色的排列，我基本是以茶叶制作的发酵程度由轻到重为依据的，方便读者记忆。绿茶为不发酵茶，白茶为微发酵茶，黄茶为轻发酵茶，青茶为半发酵茶，红茶为全发酵茶，黑茶为后发酵茶。

绿茶的名品大家都很熟悉，如西湖龙井、洞庭碧螺春、黄山毛峰、太平猴魁、信阳毛尖、六安瓜片、安吉白茶、奉化曲毫、开化龙顶等，一数一大片；白茶主要是指以福建福鼎、政和为主要产区的，以福鼎大白茶、福鼎大毫茶、政和大白茶等为原料，以白茶制茶工艺制作的茶类；黄茶相对小众，名声较响的有君山银针、霍山黄芽等；青茶涵盖较广，包括安溪铁观音、台湾乌龙茶、潮州凤凰单丛、武夷岩茶等；红茶中最为著名的有武夷山的正山小种、金骏眉，还有颇有名望的安徽祁门红茶及云南的滇红等；黑茶主要包括云南普洱茶、湖南茯砖茶、广西六堡茶等。

茶叶的保存是人们十分关心的问题。所有的茶叶都易吸潮、吸味，所以不论何种茶类，保存时都以防潮、防异味为要，还要注意避光，因为光照能使茶叶发生光化学反应，大大降低茶叶的品质。

绿茶越新鲜越好，所以一般购新茶后，应立即放入冰箱速冻，需用时取出打开包装。绿茶冷冻保存一年品质还是有保证的，但继续保存，品质会随时间推移慢慢下降。假如未放入冰箱冷冻，绿茶经一个夏天的高温，茶叶会泛黄，品质会迅速下降。所以绿茶购买以当年需求为限，不宜过量。黄茶属轻发酵茶，保存可参照绿茶的做法。

青茶、红茶属不同程度的高发酵茶，常温下保存二至三年没有问题。但超过时限，品质会渐次下降。

黑茶属于后发酵茶，在常温下随着时间的推延，逐渐发生氧化作用，一些有益物质丰裕起来，所以适宜长期储存，品质一般在十六年左右达到巅峰，随后会缓慢下降，而"稀有"的价值逐渐凸显出来。存世时间久的黑茶有"能喝的古董"之称。

微发酵的白茶，有"一年茶，三年药，七年宝"的说法。所以白茶也属于储存越久品质越珍贵的茶种，但一般以十六年为最佳，再往后品质就会渐渐下降，但价格会因稀有而继续上升。

绿茶，春天的使者

三月喝一杯新上的绿茶，如沐春风，感觉与春天融为一体了。

2022 年 3 月上旬，农历二月初，惊蛰过去没几天，朋友就分享了两罐产地为千岛湖的龙井茶过来。开罐取芽茶小小两撮，投入透明的玻璃杯中一泡，嫩绿的芽叶在杯中微微舒展，洋溢着早春的缕缕清香及灵秀之气。

这些年，气候失了常态。本人所处的江南一带，即使处在深冬也已很难见到雪，尤其是大雪。雪成了童年的意象。今年农历正月刚过，阴雨甫歇，天一放晴，气温便直逼 30 度，使得植物的芽粒无法继续静修，一下子躁动起来。在明显的温室效应催生下，茶叶上市似乎是一年年赶早。

一般来说，人们对于新上的绿茶会说是明前茶，或雨前茶，表示这是今年的新茶，挺珍贵。明前茶是清明前采的茶，芽叶鲜嫩；雨前茶指谷雨前采的茶。两者都属于好的春茶，属高端茶。现在是惊蛰刚过，春分未到，龙井茶就上市了，这是市场经济带来的新气象。其实，过早采制的绿茶，由于芽叶的光合作用还不充分，内蕴物质还未丰富，品质反而算不上最佳。这种过早采制的茶，由于口味较寡淡，老茶客一般不是很享受。

然而，物以稀为贵。市场经济对稀有的产品有独特的追求，农产品赶早上市的往往能卖个好价格。所以品质另当别论，能提前上市的绿茶往往也别具身价。

绿茶中最早上市的是乌牛早，年年如此。乌牛早既是茶树品种的名称，也是茶名。因源于浙江温州永嘉的乌牛镇，而且采摘时间早于其他茶树品种而得名。乌牛早原来只在浙江地域流行，清代就颇有市场，后一度中断，20世纪80年代复产。市场经济以效益为先导的浪潮，使它的身影迅速遍及贵州、四川、江西、安徽、江苏等绿茶种植大省。现在每年春季最早采摘的绿茶是四川宜宾或贵州普安的乌牛早，当然，原产地浙江的乌牛早上市也相当早。乌牛早已成为各地茶农的首票生意。

而中国绿茶的一号角色西湖龙井，上市要比乌牛早迟1个月左右。龙井43号茶树品种开采一般在3月下旬，而龙井的群体种茶树开采又要晚些天，一般在3月底或4月上旬。龙井43号是从龙井群体茶树品种中单株选育出来的，属无性繁殖；而群体种是原生品种，属天然有性繁殖。为方便茶客们形象地理解，可以将龙井群体种看作是土鸡、土猪一类，43号就是从"土"群里选育的良种。所谓良种，主要是指经济价值高的品种，比如上市早、外观看着漂亮，但滋味往往还是原生的"土"的带劲。现在瓜果类产品也是这种情况。

　　绿茶是我国最主要的茶类，一般要占我国每年出产的茶叶总量的 60% 以上。产地分布广泛，浙江、江苏、江西、安徽、福建、贵州、广西、四川、河南、湖南、湖北、陕西等地都出产绿茶。2020 年，绿茶、黑茶、红茶、青茶、白茶、黄茶的产量分别约占中国茶叶总产量的 62.3%、14.1%、11.7%、9.6%、1.9%、0.4%。

　　各地绿茶的出产时间略有不同，大致来说，低纬度、低海拔及早采茶树品种的发芽与采摘早一些。

　　绿茶属于不发酵茶，一般鲜叶采摘后不久即进入制作绿茶关键的杀青、干燥工序，因而绿茶保留了鲜叶中非常丰富的天然物质，比如茶多酚、叶绿素、儿茶素、咖啡因、氨基酸、维生素等成分，这使得绿茶具有公认的较强的抗氧化、保健养生功效。英国《柳叶刀》期刊多次发布绿茶对人体有益的各类科研数据，这一点确非其他茶类所能及。

在我的印象中绿茶的名品有西湖龙井、洞庭碧螺春、黄山毛峰、信阳毛尖、太平猴魁、六安瓜片，还有安吉白茶、四川竹叶青、都匀毛尖、恩施玉露、开化龙顶、奉化曲毫等也享有盛名。

绿茶根据制作工艺的不同分为四大类：一是炒青绿茶，是采用滚筒或锅炒的方式杀青、干燥的绿茶。炒青绿茶是绿茶中产量最大的，属于主流。西湖龙井、碧螺春、信阳毛尖都是由炒青工艺制作的。二是烘青绿茶，是指在制茶干燥工艺中，采用烘笼或烘干机烘干的绿茶。黄山毛峰、六安瓜片、太平猴魁就是其代表作。三是蒸青绿茶，是一种利用热蒸汽对鲜叶进行杀青，再经揉捻、干燥的绿茶制作方法，这也是中国最早的绿茶制法。目前我国蒸青绿茶产量不多，恩施玉露是典型。四是晒青绿茶，就是用日光进行干燥的绿茶，主要分布在两湖、两广、云、贵、川，以云南大叶种的品质最好，称为"滇绿"（滇绿与普洱茶晒青毛料的区别在于杀青程度不同）。

绿茶以制成的形状来看，大致有 8 种：扁平形、单芽形、直条形、曲条形、曲螺形、圆珠形、兰花形、扎花形。譬如最负盛名的西湖龙井就属于扁平形，洞庭碧螺春则属于曲螺形。

绿茶品质的高下，与茶树种植地的土壤成分、海拔高低、采摘时间、制作技艺大有关联。有些土壤含有对人体有益的微量元素，有的土壤则重金属超标，这优劣之分就明显了。一般来说，远离工业企业、云雾缭绕的高山茶园出产的茶叶，品质要明显高于平原田野出产的。

我杭州富阳的朋友，每年会与我一起分享富春江旁安顶山上的高山云雾茶。这茶由于产地海拔高、气候寒冷，比龙井群体种还要晚十天半月才能品尝到，内蕴物质十分丰富，滋味醇厚，是老茶客极爱的品种，颇为难得。或许黄公望当时在安顶山上品茶，鲜爽、酽浓之间，俯瞰富春山水，才情激荡，由此画下《富春山居图》吧。

绿茶的品鉴

　　鲁迅先生说："有好茶喝，会喝好茶，是一种清福。"对于出身江南的他来说，这茶，无疑指的是绿茶。历来，江南是绿茶的天下。对于经常喝绿茶的人而言，什么样的茶是好茶，已于感官中存下记忆，无须多说，遵循"适己者为尊"。但对于初入茶门者，必定是很希望能有一把辨别茶之优劣的秘匙，让自己在短时间内对茶的认知有个跃升。

　　我自幼跟随父亲喝茶，茶龄达数十年之久。当然那时的喝茶，还说不上是品茶，只是一种解渴需要和生活习惯。后来由于工作关系，与茶界多有交集，经常与茶业经营者一起品茶论道，并每年评选出一些认可的茶品，将之公之于众。

　　20多年前，有位出身茶场场长、改制后成为股份制茶企董事长的资深茶人，在他的办公室，让我品评刚上市的三款绿茶。这三款茶，一款是他自己企业出产的绿茶，取名为"钱湖春剑"；一款是产自浙江新昌的"大佛龙井"；另一款是他浙江农科院的朋友刚送来的正宗的"西湖龙井"。三款茶均为龙井制法的扁平形茶。在预知是这三款茶的情况下，他让工作人员用白色瓷杯无差别地泡好，同时出汤，不让我看叶底，要我光是品鉴茶汤，说出每个杯中各是哪款茶。我依次端起茶杯，闻上一闻，各喝上两口，一点也没有犹豫就轻松说出了杯中茶汤的茶名。他一脸惊讶，要我说说理由。我说："这钱湖春剑鲜爽度特别好，氨基酸含量比较高，你我曾数次品鉴，我的味觉是有记忆的；大佛龙井略有青草味，往往如此；而西湖龙井清香、豆香融为一体，有一种独特的诱人的鲜香味。"他瞪大双眼，夸张地说："遇到高人了，你的味觉辨别如此细腻出众，看来是真功夫啊，服了。"

鉴别茶品优劣的核心要诀在于色、香、味、形。绿茶也是如此。

色泽：好的绿茶，干茶应呈现浅绿或黄绿色，且清澈明亮，若茶色灰暗、深褐等则不佳。经冲泡后，好茶的汤色也呈浅绿或黄绿，且清澈透亮，有明显的清汤绿叶特性，劣质茶的茶汤则混浊不清亮，茶叶色泽灰暗、深褐。

香气：好的绿茶有一股清香，若香气低沉不显，甚或有杂味、陈味、霉味等，则为劣质茶；冲泡后，好茶会有淡淡的花香、豆香、板栗香等不同类型的单一或复合香，劣质茶往往香气不彰，或呈现出陈味、霉味、杂味等气息，不可饮用。

口味：好的绿茶冲泡饮用，滋味鲜爽、香气馥郁，或酽浓带劲，显淡淡的苦涩与醇厚，回味则口舌生津、唇齿留香。差的茶叶往往淡而无味，或涩口麻舌，或百味杂陈。

形状：优质干茶的外形，看上去扁平、圆紧、索实，且均匀、齐整，用手触摸，能感受到茶叶的紧结，冲泡后能观赏到茶芽的鲜活、嫩绿、齐匀。若是干茶看上去叶子粗劣、条索松散、杂而不匀，泡后叶子老而非嫩，碎而不整，参差不齐，这就是比较差的茶叶。

也常有朋友聊及绿茶如何冲泡饮用为佳的问题。就冲泡的杯子来说，各种材质的器皿都是适用的，但最佳的是透明的玻璃杯或水晶杯。用透明的杯子泡上一杯绿茶，可以全视角观赏芽叶在冲泡中的上下翻滚、沉浮，及嫩芽在杯子里慢慢舒展、绽放，仿佛在杯中欣赏到整个春天的活泼灵动与盎然生机，令人感受到无限的春意与欢愉。其他的器皿由于视觉遮挡，就少了这样的效果。用盖碗或紫砂壶像冲泡白茶、黑茶、青茶等那样泡绿茶，就是画蛇添足了，属无知与错误之举。品茶是一个整体，缺失视觉盛宴的绿茶品尝是残缺的、不完美的。

泡一杯绿茶，投放多少茶叶为宜，有的说 3 克，有的说 3 克多了，有的说少了。其实这投放的量各人需求是不同的。老茶客，投放量往往要大些，刚开始喝茶的人，少许一撮，甚至几片嫩芽就够了，没个统一标准。自己尝试着喝几次，太淡了就多放一些，太浓了就减去几许，或再加些开水进去。几次以后，就知道适合自己的投茶量了。他人的标准，往往并不适合自己。

茶叶的投放方法，现在说起来有上投法、中投法、下投法之分。下投法是我们传统的泡法，先投茶进去，再注入热水；中投法是先倒点儿热水，再投茶进去，随后又注热水；上投法是先注入热水，再投茶进去。在我看来，这种中投、上投都是从事茶艺工作的人化简为繁、标新立异、故弄玄虚的做法，因为这两种泡法，茶叶中的成分浸出慢，往往不如传统的泡法干脆，对于真正喝茶的人来说，这两种泡法会让人觉得茶寡淡少味、不够劲儿，扼杀了品茶的兴味。而且这样一来，茶叶也难以真正绽放开来，像蔫了一样，茶味就此谢了。春天讲究的是蓬勃、绽放、尽兴，泡茶一定要先放茶叶，第一次注入三分之一开水，少顷，再注入另三分之二的量，因是玻璃杯，茶不能注得太满，否则难以端杯饮用，所以有"茶倒七分满"的说法。

关于泡茶的水温，过去都强调用开水冲泡，毫无疑问。现在很多茶书及搞茶艺的人说，嫩芽要用 85 度左右的热水冲泡，这些人想当然地认为，这么嫩的芽叶，怎么耐得住 100 度高温的蹂躏呢，要怜香惜玉，要让茶的成分慢慢释放，其实这是不懂装懂了。这些人都不是真正的茶人、茶客及茶的爱好者。历来就有"好茶不怕开水烫"的说法。好茶出产于优良的生态环境中，内质丰富，有效成分含量高，而且工艺到位，因此渴望与高温共舞。好茶遇沸腾的开水，如樱花得遇春日，轰然绽放，各种内在成分喷薄而出，刹那的美好，即成永恒。若用 85 度的"不温不火"的热水，对待一款好茶，茶中所储的春天活力霎时委顿下来，而且再也无法激活，这无疑是对春天的一种扼杀。当然，内质单薄、工艺拙劣的茶，低温冲泡可以掩盖其缺陷，用沸水冲泡就会原形毕露。

　　泡绿茶，泡优质的绿茶，我们要大胆地用玻璃杯泡，用沸腾的开水泡，让春天的激情与活力刹那绽放，去品尝大自然呈献给我们的鲜爽、酽浓，宁可三泡以后倒掉，再撮上几克嫩芽，重新来过，也不可淡而无味地喝上半天，那是折磨，不是享受了。

白茶，大白于天下

　　若干年前，福建的朋友送我两罐茶，说是家乡产的茶，其他也没有细说。我在办公室放着。过了几天想起这茶，想品鉴一下，便开罐将一撮茶叶放在杯中，用开水冲泡后一尝，觉得很不中意。细瞧，茶叶确实与平时饮用的绿茶不同，细芽、浑身披毫、有点灰暗，但闻之无霉味、杂味，有点异于日常的毫香，也不诱人。

我不习惯这个味道，硬着头皮喝了几口，无法再继续，便将茶倒掉，又换回日常饮用的绿茶泡上。

但这两罐茶怎么处理呢？浪费太可惜了。要么送哪位朋友？但一想到自己觉得难喝的茶，朋友大概率也是不喜欢的，那怎么可以送朋友呢?！放了几天后，我想不出妙计，最后还是下决心将它扔了。当时想：自己肯定难接受这滋味；送出去，心里通不过；放下去，质量必是越来越低下。当舍则舍，扔吧，只是觉得有点对不起送我这两罐茶的朋友。

这是我第一次接触白茶，这个白茶，不是我们浙江的安吉白茶一类。安吉白茶属绿茶，是绿茶的一种变异品种，茶叶的氨基酸含量比普通绿茶高些，喝起来也比一般的绿茶更鲜爽淡雅些。后来才获知，我扔的这茶，是占六大茶类一席之地的白茶。白茶历史悠久，它的制法主要包括自然的晾、晒（萎凋和干燥）工序，这工序与始于神农氏的最原始的中草药初制方法相吻合。的确，我们最早是将茶叶作为一味中药来认识的。我们不是熟知"神农氏尝百草，日遇七十二毒，得茶而解之"

的典故吗？所以说，白茶有可能是人类认识和制作的最早的茶类。

白茶有明确的产地，主要是福建的福鼎、政和、建阳一带，如今最红的是福鼎白茶，几乎就是白茶的代名词了。其实，附近有些地域，气候、土壤环境类同，也能出产些好白茶。当然，制作白茶需要适制的茶树品种。现在适制白茶的茶树品种有福鼎大白茶、福鼎大毫茶、政和大白茶、福鼎菜茶、福云 6 号、福建水仙、福安大白茶等。但唱主角的还是国家级良种"华茶 1 号"和"华茶 2 号"，"华茶 1 号"即福鼎大白茶树，"华茶 2 号"便是福鼎大毫茶树。

将两罐白茶扔了的若干年后，白茶渐次涌入江浙一带，又过了若干年后的今天，白茶已风靡江浙一带众多城市的大街小巷了。

为什么白茶在近 10 年时间，风起云涌，吸引了众多粉丝？我认为：一是与这些年的喝茶有益健康的理念

被大众接受有关，许多惯常喝白开水、纯净水及含糖饮
料的人群也尝试喝茶了；二是白茶的口味偏淡爽，容易
被一些女性和没有喝茶习惯的男士接受。凡是新入门的
茶客，最容易接受的是两种茶，一是白茶，二是普洱熟
茶。这两种茶都淡，但白茶淡而鲜甜，普洱熟茶基本属
于淡而无味了。

　　一些老茶客还是接受不了白茶的滋味，这也是自然
的事。我的同事，在编辑部也是一天到晚茶不离口的老
枪，一次相聚谈起现在喝什么茶，一脸不屑地说："现
在一些人时兴喝白茶，哼，这味道，怎么喝？与绿茶怎
么比！"我十分理解他的真心话。人对味道是有记忆的，
这也是我们常常回味、念念不忘童年时尝到的美味的原
因所在。当然，人也有探寻新奇的欲望，对新奇事物的
体验与认知丰富了生命。白茶，相对于绿茶来说，自然
使我们产生一种对茶的滋味的新的拓展和体味，它将丰
富我们的茶感，并生发出新的美感与诗意。

　　接触白茶，我们先要对白茶有一个框架性的概念。

我们以白茶的四个层级作为切入的起始，对白茶的认知就属于小菜一碟的事了。

白茶与其他茶类不一样，它很清晰地将茶的层级由高到低分为白毫银针、白牡丹、贡眉、寿眉四级，这有利于我们对遇到的每一款白茶首先做出层级判断。

白毫银针，就是采摘茶树的嫩芽制成的，它呈现的茶产品就是一个个披满白毫的芽头。

白牡丹，则是采摘茶树一芽一叶或一芽二叶的叶芽制成的产品。它以绿叶与嫩芽的银色白毫相映衬，冲泡后宛若花蕾初绽，故称白牡丹。

贡眉，是以春茶的一芽三叶、一芽四叶或秋茶的一芽二叶、一芽三叶为原料制成的白茶产品。

寿眉，则是以茶树的嫩梢和叶片为原料制作而成的白茶产品，一眼看去，都是叶子，基本上找不到芽头。

白茶这四个层级，品质的高低，一目了然，极易区分。

在掌握这四个层级的基础上，茶的发烧友还可以再进一步了解各层级的细分。如白毫银针，又有头采和二采的区别。春季越冬而来的嫩芽，成长时间长，内蕴物质丰富，芽头茁壮，把它采摘下来，就称为头采银针；接着由于春季气温升高，几天时间又爆出嫩芽，这种嫩芽孕育时间短，芽头没有头采芽茁壮，相对细长些，内蕴物也要单薄些，就不能称头采银针了。而白牡丹，依据芽叶的比例也可分为牡丹王、一级牡丹、二级牡丹、三级牡丹。牡丹王，基本是以芽与初展叶为主，叶形还未展开，与白毫银针有点接近；一级牡丹，以一芽一叶为主，间或有一芽二叶；二级牡丹，以一芽二叶为主，间或有一芽一叶；三级牡丹，以一芽二叶为主，间或有一芽多叶。有的不地道的经营者将贡眉也往三级牡丹上靠，所以级别低的牡丹与级别高些的贡眉不仔细的话往往不易搞清，但反正品质差不多，到此处，搞不清层级，问题也不大。寿眉基本全是叶子，倒也不容易与其他层级混淆。

　　说到这里了，也要提一提"荒野茶"的概念。有的人会说，这是荒野银针，这是荒野牡丹，倒是很少听到荒野贡眉、荒野寿眉的说法。主要是银针、牡丹层级高，价格贵，才有区分出来的价值。荒野茶，顾名思义，不是从人工正常培植的茶树上采摘下来的，至少是有好几年没人打理了。现在的动植物，似乎都是野生的比人工饲养或栽培的味道更鲜美，价格更贵；人工饲养或栽培的怕有饲料、化肥催生促大，成长过程违背自然常规，不受待见。荒野茶，的确是抓住了当下人们"自然的便是健康的、美味的"消费心理，价格于是就上去了些。

还有大树茶、老树茶也是这样的概念。人们认为树大、树老，根系深，人工干预少，远离化肥、农药，可放心亲近，想想也蛮有道理，再加上物以稀为贵，那价格自然也得上去。市场经济，钱是标尺嘛。

作为白茶的入门，还得聊聊年份那档子事。一般的茶，保质期就二到三年，绿茶最好是当年喝。过了保质期，保存妥当的话，冲泡饮用没啥问题，但茶的自然香

气、滋味就大为逊色了。白茶却不同，它像后发酵
茶——黑茶一样，自制成之日起，茶的内储元素在时光
的隧道里逐渐化合转换，存放年份越久，茶味就越是醇
厚，而且会产生一股由岁月酿就的舒缓而迷人的陈香
味。所以白茶素有"一年茶，三年药，七年宝"的说
法。一般来说，三年以上的白茶，就可算是老白茶，老
白茶的价格当然要高于当年的白茶，时间成本在那里。
而且有时候真要一款老白茶的话还不能一蹴而就。同样
的品质，白茶当是愈老愈值钱。七八年存放下来的白茶
已经相当不错，十年以上的是相当珍贵了，二十年以上
的可以说是非常难得，再老一点儿的就是可遇而不可求
了。当然茶作为一种植物制成品，作为一种商品，它最
好的品质一定是有时限的。白茶一般在洁净、避光、防
潮、适温的环境中妥善存放，最佳年份在 16~20 年左
右，以后品质会渐次下行，有益物质达到峰值后也会衰
减。但作为商品价格的反映，品质达标的老白茶会年份
越久价格越高，这是由其稀有性决定的。遇到太久年份
的茶，保存妥当、没有变质，其他因素，譬如茶叶的品

质是否在巅峰期，已经不是最重要的了，最重要的是与悠久岁月的某种命定缘分，在此刻呈现了，刹那间品茶人便心光灿烂，这个价值可以说是无限的，你以为呢?!

既然老白茶如此有魅力，市场上的造假者趋之若鹜，爱茶之人就不得不慎之又慎，练就火眼金睛了。

白茶的泡、煮及品鉴

　　白茶与沸水的共舞，与绿茶是有所区别的。绿茶的冲泡是最简单的，将茶叶投入杯中，沸水冲下去即成。若将绿茶也像工夫茶似的用盖碗或壶冲泡，再倾出汤来，这美感和滋味就一口气断了，令人感觉少了精气神，特别没劲。当然偶尔也会遇到这种泡法的人，均是茶艺界的新人，缺乏对茶整体的理解，在岁月中对茶也

无历久的、缠绵的、深厚的情感，只在浮浅的表层徘
徊。老茶客对绿茶的冲泡是浑然天成的，没有多余的动
作，这是岁月的积淀和生命情感的注入，沸水一泻而
就，清香四溢之中，观嫩芽绿叶在杯中翻飞浮沉，整个
春天就在眼前，就在掌握之中，何等酣畅淋漓。

　　白茶却是另一番境地。白茶与水的缠绵、激荡分为
两种程式，一种是泡，另一种是煮。

　　泡，就是将白茶像工夫茶一样用开水冲泡。泡的器
皿可以是盖碗、紫砂壶、飘逸杯等。常用的手法主要有
缓注法和高冲法。

　　缓注法主要适用于白毫银针，也可用于高等级的白
牡丹。掌握茶水比一般为1∶30，即茶叶5克，水量150
毫升。其要点是，烧水至初沸，倒入茶海，或在壶内略
做冷却，等水温至90度左右，然后保持出水口距盖碗
边沿约6厘米，再沿盖碗杯壁某一个固定的方向缓缓匀
速注入，以杯内茶叶随水浮起、不翻滚为判断标准。这
样的泡法，茶叶有效成分析出缓慢均匀，茶汤前后滋味

相对稳定，可增加冲泡次数，从表象看显得耐泡。但老茶客往往会觉得速度慢、茶汤过于淡雅，不带劲；新入圈的人或雅客会觉得挺合适。

高冲法，适用于各类型白茶。即直接将见沸的水壶提升至盖碗或紫砂壶等茶器上方约4厘米处，然后先将沸水沿碗边或壶口低旋一圈，接着将水壶拉高或高低变换俯冲，将开水源源不断地注入，要点是高冲时让茶叶翻滚且全部浸润。茶水比例与上相同，也是1∶30。这种泡法，有效成分析出快，老茶客会觉得酣畅淋漓，够劲。

至于煮茶，相对简单明了。器具可用玻璃壶、陶壶、铁壶、银壶等。方法是将水煮沸即投茶叶入壶内，或投茶叶入壶后注入沸水再煮，一般茶水比为1∶100，即5克茶叶，往壶内注入500毫升水量，茶与沸水在壶内接触，是煮茶计时的开始，少顷，即可将茶注入分茶器，一般称为公道杯，再分至各位茶客的饮用杯中。

无论是泡或煮，由公道杯将茶水分至每位客人杯中，人多时要把握好一个细节，那就是分茶时往往会出现杯多茶少的情况，这个时候要统筹兼顾，不能将公道杯中的茶水只分到头几位客人的杯中，而让后面的客人只能等待第二泡茶水，这样就少了以茶待客公平公道的礼数。公道杯的含义，有大小无欺的意思在里面，因此在分茶时，不论各位客人能分到多少，都应尽量做到均匀地分配。人更多时，可再加一个公道杯，两个公道杯倒上茶后，让服务人员或熟客辅助一下，左右一起分茶。

泡茶或煮茶，以多长时间为宜，这其实要根据各人的饮用习惯来定。以热水注入茶叶后开始泡茶，或茶与沸水接触后开始煮茶计时，譬如以20秒或30秒左右时间作为一个基准，缓注法出汤时间可略长些，高冲法出汤时间可略快几秒。煮茶，因茶水比例不同，水量大些，出汤时间可延长30秒。当然这些都与个人饮用习惯、投茶量多少有关，经常喝茶的人往往凭感觉出汤，所谓"法无定法"，这往往是最为高妙的。新入圈的人先要琢磨时间概念，再往习以为常的方向前进，渐渐由自觉走向自由。

当然经常喝茶的人也知道，泡也好煮也好，茶叶内含物浸出的速度，首泡略缓，因为茶叶有一个打开的过程；第二、三泡浸出最为迅速；后随着内含物的减少，浸出又渐渐趋缓。这就使我们了解，第二、三泡出汤时间要稍快，以后随着冲泡或煮的次数增多，出汤时间要渐次延长。具体操作可以以 20 秒、30 秒、50 秒左右为基准去试着衡量一下，形成自己的感觉，以后就不必太拘泥于时间了。

白茶冲泡要兼顾茶的色、香、味、形四个要义。这是与绿茶及其他茶类共通的。

一般来说，新的、年份不长的白茶，品质上乘的话，芽叶整而不碎，闻之有毫香或清香，如泡法得当，汤色会呈现如下特征：白毫银针，茶汤呈浅杏色、浅杏黄，且清澈透亮；白牡丹，茶汤呈浅杏黄、杏黄、浅黄色，清澈透亮；贡眉和寿眉，茶汤呈现浅绿黄、浅黄、蜜黄、浅橙黄，清澈透亮。但若泡、煮时间过长，则会导致茶汤过浓呈橙红色，可加开水匀淡些后再品饮。优质的白毫银针，茶汤有清香、花香、毫香味，入口鲜爽带甜味；白牡丹则是毫香、叶香馥郁，茶汤甜润，层次感饱满；贡眉、寿眉多以叶香、清香为主，茶味醇厚带甜。

陈年白茶，品质优良的话，除去紧压茶，芽、叶也应是整而不碎，闻之有毫香或陈香，正常泡、煮，汤色迷人。白毫银针，茶汤清澈透亮，呈杏黄、浅黄或蜜黄；白牡丹，茶汤清澈透亮，呈浅黄、黄、浅橙黄；贡眉与寿眉，茶汤清澈透亮，色泽呈现黄、深橙黄、橙红、深红。

白茶中有苦涩味的茶多酚、咖啡因物质的含量随年份的增加呈现下降趋势，使得陈年白茶有明显的醇厚甘润的口感；而黄酮类物质在陈化过程中的不断积累，使得陈年白茶的汤色逐渐加深。

我们日常可以观察到，年份增加，白茶干茶的外形色泽会自然地逐渐加深,这是我们一接触到白茶,就可以基本判别茶叶大约年份的重要特征之一。白茶随着年份的增加,茶汤汤色也会渐次加深,这是与干茶的色泽转化相关联的。而随着年份的增加,白茶的香气会由清香、嫩香、毫香逐渐向荷叶香、枣香、陈香转变,滋味的醇厚、绵柔、顺滑、甘甜会逐渐加强。还有从茶叶泡、煮后的叶底来看,真正年份老的白茶叶底是匀亮的、有光泽的。

  总的来说,新、老白茶,无论是白毫银针、白牡丹,还是贡眉、寿眉,都可以泡着喝,也可以煮着喝。但大体上新茶泡着喝的多,因多酚类物质还未有效转化,煮着喝易有青味、涩味,而老茶煮着喝的比例高;白毫银针、白牡丹泡着喝的比例高,贡眉、寿眉则是煮着喝多。还有,各种茶类,也可以先泡着喝,再倒进壶里煮着喝。

  说到底,喝茶真的只是一种习惯。有的朋友非白毫银针、白牡丹不喝,就喝那种鲜爽透甜的感觉;而有的朋友，专喜煮一壶贡眉、寿眉老白茶来喝，说就喝它酽浓微甘的醇厚味。

喝茶，放宽心态吧，那样就全通透了。我是鼓励打破框框，大胆实验的，各种泡法、煮法、喝法都可以尝试，这样生命的体验就丰富了。不要拘泥于形式，先有法而后无法，才可以达到自由、自在的境界，才会乐在其中。

黄茶，养在深闺多不识

　　黄茶比较小众，对许多人来说，只闻其名，不见其形，或者距离更远，简直闻所未闻。而有的人，更是将绿茶中变异的黄化茶误认为黄茶。

　　黄茶的加工工艺与绿茶类似：绿茶的制作工序为杀青、揉捻、干燥；而黄茶的制作工序为杀青、揉捻、堆积闷黄、干燥。

黄茶之所以叫黄茶，是因为黄茶在制作过程中比绿茶多了道闷黄的工艺，属于轻发酵茶，其主要特征是黄叶黄汤。

黄茶制成后芽叶紧实，金黄油润，香气清雅，冲泡后汤色澄黄明亮，滋味醇和鲜爽。我在茶商朋友处品尝过一款黄茶名品霍山黄芽，就泡在透明的玻璃杯中喝，茶芽细嫩，茶汤澄明黄亮，与绿茶一比，别具色感，满口淡雅的甘爽，略显板栗香，回味如当空明月，但对老茶客来说，或许还是喜欢深冬的烈日，当然，这纯属各人的口味差异。

黄茶依芽叶大小、鲜叶老嫩，又分为黄芽茶、黄小茶、黄大茶。黄芽茶，原料细嫩，采摘单芽或一芽一叶加工而成，其中安徽的霍山黄芽、湖南的君山银针、四川的蒙顶黄芽等最为有名；黄小茶，采摘细嫩芽叶加工而成，代表名茶有湖南的沩山毛尖、湖北的远安鹿苑、浙江的平阳黄汤等；黄大茶，则是采摘一芽二叶、一芽三叶甚至一芽四叶、五叶制作而成，安徽的霍山黄大茶、广东的广东大叶青等较为有名。

　　黄茶因品种和加工技术不同，成茶也呈现不同造型，针、条、扁、卷曲等各有姿态。如君山银针以形似针、芽头肥壮、满披毫为优，芽瘦扁、少毫为次；蒙顶黄芽以条扁直、芽壮多毫为上，条曲、芽瘦为下；鹿苑茶以条索紧结卷曲呈环形、显毫为佳，条松直、不显毫为差；黄大茶以叶肥厚成条、梗长壮、梗叶相连为好，叶片状、梗细短、梗叶分离或梗断叶碎为差。

　　黄茶的冲泡，一般可借鉴绿茶的方法，取用些许茶叶放入杯子，冲注热水即可饮用。水温可依据芽茶、叶茶，选择 90 至 100 度。我个人认为：所有的茶叶冲泡用沸水，绝没问题，当然前提是好茶；若不是沸水，肯定只适用于嫩芽，而且要注意不能将茶泡蔫了，在实践中积累经验吧。当然除此之外，黄茶也可采用盖碗或壶泡法，用公道杯分享给朋友、茶客。

黄茶是轻发酵茶，在发酵的过程中，会产生较丰富的消化酶，有助于消食去腻，对脾胃有良好的养护作用，而且茶中含有较为丰富的茶多酚、维生素和氨基酸等营养物质，可以清燥生津，在春、秋季饮用最为适宜。

品饮黄茶当趁新鲜，黄茶的保质期与存放要求与绿茶相同，低温保存，一年内品质最佳。拿到茶叶，最好是密封后在冰箱中冷冻存放，一年后品质会渐次下降，不宜多购多储。

青茶，冲天浓香透神州

那一年，我的一位诗人朋友自驾回来，邀我品茶，我欣然应允。我的这位朋友是闲云野鹤般的人物，一年四季有大半时间在途中。这次自驾他经过福建，说是捡了些好茶，该当分享。

我们边喝边聊，其中一款茶的韵味引起了我的兴趣。这茶属于半发酵的乌龙茶（乌龙茶是青茶的俗称），茶汤醇醇、够劲，淡淡的柚子花及兰香令人心旷神怡。我一看包装，是产自福建漳州平和县的小众乌龙茶名品，名为"白芽奇兰"。茶为识者有，分别时，朋友一定要将他并不丰裕的白芽奇兰赠一半与我，盛情难却，也只有受之铭之了。

当日，我为这款茶的能量所点燃，即以《白芽奇兰》为题涂诗一首，诗云：

茶里有一个天下

许多人都醉在里头了

好友从福建觅来白芽奇兰

天空似乎又飘浮一朵新艳的云

柚子花香逸一丝淡淡的兰韵

醇醇的乌龙茶味在口齿荡漾

这般丽名足以令人垂涎三尺

细闻慢品渐悟人如何成仙

茶境从来不设大门

愉悦源于寻觅与分享

因这首诗，我与白芽奇兰的缘分还在继续。茶城有位来自平和县的店家，说是我为他们家乡做宣传，定要送我几泡白芽奇兰，我推辞不过，只好谢而受之。更值得一提的是，二年后，我一个从宁波调到福州任职的朋友，给我寄来两盒白芽奇兰。我说，你是怎么知道这茶的呢？这茶相当小众啊。他说，二年前在微信朋友圈读到你的诗，我记着啊。这次去漳州进行工作调研，我特地在当地朋友的陪同下买了两盒寄给你。一听这话，一股暖流不仅仅是刹那涌上心头，而且轰然在全身流淌开来。这寄的不是茶了，这是令人难以忘怀的真情啊，我确实感动。

青茶主要涉及四大产地，又以产地为依据分为四大类，包括闽北乌龙茶、闽南乌龙茶、广东乌龙茶、台湾乌龙茶。闽北乌龙茶中最著名的是大红袍，紧随其后的有铁罗汉、白鸡冠、水金龟等；闽南乌龙茶中最突出的代表是铁观音，还有黄金桂、永春佛手等，白芽奇兰属比较小众的名品；广东乌龙茶中名声最响的是凤凰单丛，还有凤凰水仙、岭头单丛等；台湾乌龙茶中最名贵的是产自大禹岭的高山乌龙茶，还有冻顶乌龙茶、文山包种、东方美人等都挺著名。

闽北乌龙茶主要出自武夷山产区，现正风靡。武夷山方圆约 60 公里，号称有 36 峰、99 岩，岩岩有茶，茶以岩名，岩以茶显，岩与茶一体，所以闽北乌龙茶又称岩茶。武夷山具有茶树生长的得天独厚的环境，林壑优美，涧水清冽，雨雾光照恰到好处，尤其在富含腐殖质的酸性红壤之上，遍布烂石、砾岩，符合陆羽《茶经》中茶树"上者生烂石，中者生砾壤，下者生黄土"的上者标准，所产茶品具有独特的岩韵花香，爱之者，一尝而生相思。

武夷岩茶，按产品分为大红袍、肉桂、水仙、单丛、奇种五类，茶树品种分为奇种、单丛、名丛，各具特色。武夷奇种，是武夷山最早的土著品种，当地人称为"菜茶"。奇种之奇，在于它的树形、叶形千奇百怪，各不相同，主要分布在武夷山风景名胜区内，现今声名震天的岩茶圣地"三坑两涧"——牛栏坑、慧苑坑、倒水坑、流香涧、悟源涧等山场，均有数量不一的分布。武夷奇种，通过有性繁殖繁育后代，受周边生态环境影响大，异花授粉，性状易变，因而奇种的香气、滋味千变万化，常给人以出乎意料的惊喜，属武夷岩茶中最有特色的一类。单丛，意为单木成丛。茶树是小乔木类型，一棵棵生长，区别于灌木茶丛或灌木型茶园。茶叶品质特别优异的单丛，就是名丛。

名丛是岩茶之王。最著名的有四大名丛：大红袍、铁罗汉、白鸡冠、水金龟。也有五大名丛的说法：大红袍、铁罗汉、白鸡冠、水金龟、半天妖。其实除此之外的各种名丛都相当名贵，再以彰显各名丛特质的夸张的文字命名之，十分吸引人。譬如：有的名丛以茶树生长环境命名，什么不见天、过山龙；有的以茶树形状命名，诸如醉海棠、玉麒麟；有的以茶树叶形命名，可见金瓜子、金柳叶；有的以茶树发芽迟早命名，如迎春柳、不知春；有的以成茶香型命名，可闻白麝香、石乳香；等等，不一而足。初接触岩茶时，我一听这些名字，好像在读武侠小说，一款款茶就像一个个世外高人或是一项项秘不外传的神功，必欲亲尝而后快。现在岩茶产品命名则更出奇了，什么水鬼、赤佬、鬼洞、老妖、半仙，怪异的名称呼啸而来，吸引了不少爱茶人的眼球。

武夷岩茶很讲究茶树的生长环境，产茶地有岩、洲、外山之分。产自山上者为岩茶，水边者为洲茶，武夷山之外者为外山茶。而岩茶又可分为正岩茶及半岩茶。

正岩是指在九曲溪内生长环境好的山岩，"三坑两涧"是正岩产区的核心；半岩是指在武夷山风景区内，但不在核心景区的部分；洲茶是指河岸两旁，沙质土壤的茶园中生长的茶叶；外山茶是指武夷山风景区以外出产的茶叶。

产于正岩的茶，岩韵正，尤其是正岩核心的"三坑两涧"，是岩茶的标杆；半岩、洲茶、外山茶，离正岩范围越远，岩韵就越弱，甚至没有岩韵，茶叶品质就从优向劣下滑，价格大幅下降。这里说的价格大幅下降，主要强调"大幅"两字，购茶、品茶者不可不察。一般来说，岩茶的品质及价格，从正岩名丛、正岩核心、正岩、半岩、洲茶、外山茶渐次走低，当然这是在大家的工艺都达标的情况下说的。

一日，在福建籍朋友处品一款名为"太古"的古井老丛水仙，感觉岩韵透显，劲道酽浓，又和而不冲，甜香幽远，还带一丝罕有的清凉感，这是正山里爬满青苔的老名丛的珍味。我想这次是尝到真家伙了，便拿过包装来看，原来是岩茶名家的一款产品。"古井"是"三坑两涧"中慧苑坑的一处老丛水仙的圣地，其名丛产品确实稀罕。朋友介绍，这个品牌主要产品都来自"三坑两涧两窠一洞一岩"。"三坑两涧"风靡茶界我们无须多言，"两窠一洞一岩"正是其的延伸，指的是正岩核心区的九龙窠、竹窠及鬼洞、马头岩。"太古"大家喝得欢畅，主人也深受鼓舞，打开保险箱，拿出牛栏坑的"天外"肉桂，亮相一圈后开泡。他说，这茶不能说价格，因为有钱也买不到。岩茶到此，我们不好说"造极"，也算是"登峰"了。大家一喝，霍然大惊，顿有醍醐灌顶之感。万物之中藏龙卧虎均有极致，是否相遇，看缘而定，此茶一喝，接着只有仰望星空了。

　　早些年，乌龙茶最为大众所熟知的还要数铁观音。当时，多数人也没有闽北、闽南、广东、台湾四大产地的概念，一提起乌龙茶便是安溪铁观音，以致一部分人认为乌龙茶就是铁观音，铁观音便是乌龙茶。

　　21世纪初，我去厦门参加一个会议，晚饭后在街头散步，一条街上的个体店，几乎都将矮茶桌摆放在店门口，店主就泡着茶，独自或与朋友一起喝。他们很好客，有个店主见我问他喝的是什么茶，便邀我坐下喝茶，喝的就是安溪铁观音，当时觉得浓香十足，很是劲道。

　　2012年前后，铁观音迎来了最为红火的疯狂时期，产品供不应求，一些地方流传着"无铁不成店"的说法，甚至500克茶叶被炒到了89万元的天价。当时宁波的金钟茶城是宁波市唯一一家茶城，茶城内有几百家经营户，大大小小的都是一间间门面，有个福建来的客商，则想在茶城内建铁观音大楼，可见铁观音给人们带来的巨大信心。

那么，铁观音，这款如此疯狂的闽南乌龙茶的出色代表，或者直接可以说是乌龙茶的出色代表，为什么这几年一蹶不振，几乎销声匿迹了呢？人是容易被胜利冲昏头脑的。当铁观音所向披靡时，人们为潮水般涌来的钱所鼓舞，一切长远的美好图景所需要的慎重和克制，都会被眼前利益的狂欢所淹没。为了增产再增产，安溪茶园施加的化肥、农药就失控了。那些年，新闻媒体几乎每年都在报道安溪铁观音茶叶农药残留超标的事。连续几年都是如此，茶客们怕了，这样的茶还能喝吗？谁敢为喝茶赌上健康呢？！

当然，铁观音失宠于市场的原因还有好几方面。譬如，铁观音向轻发酵方向靠，抛开了传统的半发酵工艺，丢失了醇厚的韵味，反倒冒出了青涩味，致使铁观音的口碑一落千丈，老茶客纷纷弃之而去。此外，普洱茶、武夷岩茶、福鼎白茶的兴起，为茶客们提供了另一种滋味的选择，也给铁观音市场带来巨大的冲击。

铁观音信任的基础坍塌，要重建信任是漫长而艰难的过程。任何的漫不经心和自以为是都是要付出代价的，而付出代价后，人们总是会反思与检视，总是会重新出发，梦想再现繁华。但现实往往是"黄鹤一去不复返"，机一失，难再来。安溪茶农这几年在化肥、农药方面的使用上，据说是痛定思痛，规范起来，但要消除人们心头的阴影，重现当年的辉煌几乎是不可能了。在风起云涌的茶市中，即便只占有寻常的一席之地，也要付出长久而艰辛的努力，这是一定的。

其实，闽南乌龙茶跳出安溪铁观音来看，也是有些优质好茶的，只是当时安溪铁观音一树参天，将其他一些相对小众的乌龙茶遮蔽了。譬如白芽奇兰、黄金桂、永春佛手便是。

凤凰单丛是广东乌龙茶中的名角，它虽远没有像当年安溪铁观音那样的红火，也没有像近几年武夷岩茶那样热气蒸腾，但不可否认它在乌龙茶界也是神一样的存在。

十多年前，在一个朋友的艺术会所，主人拿出一盒茶，打开罐子取出茶来一看，愣住了。这茶的外形像霉干菜一般，有点细长。在场的朋友都叫不出名来，大家都拿眼睛看我，语意是这个茶你也无话可说了吧？我一看茶的外貌，再拿起干茶闻了闻，一股独特的柚子花香直钻鼻孔，我轻描淡写地说："这是凤凰单丛啊，诸位不认识吗？"

这几位朋友，平时均好喝茶，而且各有心得，争论起来常常是固执己见，即便是歪理也要一竿子撑到底。这往往是对某项事物认识尚在肤浅阶段的共同特征。此前几日，他们关于藏茶，关于西藏喇嘛寺庙里藏的茶，就争论得面红耳赤。这次可好，他们交的是白卷，没得争论，我是"一茶定乾坤"，这一局他们心服口服，讨教一番，谦虚了许多。我调侃说，这种态度就对了，以后还会大有进步的。其实，说来惭愧，这凤凰单丛，我也是几个月前在茶店的朋友处刚刚品评过。

当时，茶店的朋友说："刚寄来一款新茶，是广东潮州的凤凰单丛，我们尝尝。"我一看，茶的外形细长且乌黑油亮，闻之花香馥郁，冲泡后呈浓烈的阳光色，茶味醇厚鲜爽，汤香与他茶殊异。我说："此乃好茶，为何以往少见?"他说："我们这里还是习惯喝绿茶，这些小众茶销路不佳，所以鲜有店家进货。"我听后甚感可惜。

凤凰单丛，是从国家级良种凤凰水仙群体种中选育出来的优异单株，因产自广东潮州凤凰镇，故名凤凰单丛。凤凰单丛最令人难忘的是它的香，因茶中所含香气物质丰富，而且香型众多，被人们誉之为"茶界香水"。

茶与酒一样，有不同的香型，不过茶的香型比酒的香型更丰富。茶叶香型的来由，主要可分为原料香、工艺香、生态香、地域香、品种香。一款茶的香，可以说是各种因素综合作用的结果。但核心在于茶叶中含有较为丰富的不同类型的芳香物质，这些芳香物质通过不同的工艺，激发了茶叶的精气神，使之散发出各自迷人的香气。

人们将凤凰单丛的香，简约地分为栀子花香、芝兰花香、蜜兰香、金银花香（俗称鸭屎香）、桂花香、玉兰花香、肉桂香、姜花香、柚子花香、杏仁香等十大香型。其实钟爱凤凰单丛的人去细细体味，香型远不止这些。就像云，看上去是一朵云，细细观察，每朵云都各显风姿。

凤凰单丛有几十个株系与类型，据《潮州凤凰茶树资源志》介绍，凤凰单丛茶具有自然花香型 79 种、天然果香型 12 种、其他清香型 16 种，确实蔚然可观。

我的一首题为《鉴赏》的诗里，有这样的句子：

一朵云有几瓣呢

心的飞翔究竟有多快

叶的筋络是谁绘的呢

多轻的风吹过

湖面的涟漪才漂亮迷人……

以这样的沉潜的心境去细味，每种茶的香都是无穷尽的，凤凰单丛的香也是如此。

我接触台湾乌龙茶，也是二十年前的事了。最初是在茶室里，品尝店主用小罐装着的冻顶乌龙茶，泡开后一股清冽的浓香扑鼻而来，比安溪铁观音味道醇厚，几个朋友齐说这茶好，似乎发现了茶的新大陆，个个兴高采烈。据老板介绍，这是新进的台湾茶，价格不菲。在以后相当长的一段时间里，我对台湾茶的概念就停留在冻顶乌龙茶上。

后来，茶界的几位朋友联合组建"华茗茶业"，台湾台茶公司参与进来，我与他们多有交往，也就有了品尝台湾顶级高山乌龙茶——台茶牌大禹岭的机缘。

我接触到的这些台湾乌龙茶，比安溪铁观音的味道要来得正、醇。而顶级的高山乌龙茶——大禹岭茶，更是蕴含着一股浓烈而又恰到好处的花果香，且香味馥郁持久，令人难以忘怀。

据台茶公司董事长介绍，很长一段时间，中国台湾的很多农产品销往日本，而日本对农产品的检测有较为严格的要求，所以很多茶园根本就不施化肥、农药。

台湾乌龙茶源自福建，才200多年的历史。而闽北乌龙茶武夷岩茶已有1500多年历史，闽南乌龙茶铁观音也有近300年历史，广东乌龙茶凤凰单丛则有900多年历史。这样算起来，台湾乌龙茶是小弟弟了，但它却蛮有自己的特色。

台湾乌龙茶中较为著名的有文山包种、冻顶乌龙茶、东方美人、木栅铁观音、阿里山高山茶、梨山高山茶、大禹岭高山茶等。如今而言，品质最优、声誉最显的要数高山乌龙茶，而高山乌龙茶登峰造极的产地非大禹岭莫属。

大禹岭位于台湾合欢山，在南投、台中、花莲三县的交会点，海拔在 2200 米以上，最高海拔 2600 米，是目前世界上海拔最高的乌龙茶产地。由于山高寒冷，昼夜温差大，茶树生长缓慢，加之土质优沃，独具上天垂青的优质茶生态条件，该地出产的乌龙茶质地嫩润、绵稠，饮之滋味醇厚、满口芬芳、甘香久萦。一般说来，品尝大禹岭乌龙茶后，这茶在你的心里便有一席之地了，抹也抹不去。

青茶的冲泡及品鉴

秋天喝乌龙茶（青茶）最应时，不管是秋高气爽，还是秋雨淅沥，总给人以通透的感觉。

青茶虽然品类颇繁，但对冲泡来说，幸可简而为一，省心许多。

冲泡青茶的器皿以盖碗、紫砂壶为宜。一般有以下几个步骤。

第一步是烫碗、温壶。根据用茶人数多少，选择合适大小的盖碗或紫砂壶，摆放妥当。待水壶的水烹至初沸，先将开水在器皿的内外浇淋一番，使器具充分受热，以利后续泡茶时保持热量，能切实确保茶叶与沸水共舞。

第二步是投茶入器。以器皿大小为依据，将 5 至 10 克青茶投入其中，一般来说投茶量与水的比例以 1：50 为宜。由于饮用习惯不同，老茶客掌握的茶水比例以适己为是，不必太过拘泥。此后可以盖住器皿摇一摇，打开盖子，闻一下茶叶的干香，做一个香味是否纯净及香型的基本判断。

第三步是洗茶、醒茶。其要领是用开水低冲入器，几秒钟后，用盖拂去上浮泡沫，将茶水倾注到公道杯。这有两个作用：一是洗茶，洗去制茶过程中吸附在茶叶上的粉尘；二是醒茶，或称润茶，为茶叶内蕴物的打开、浸出做准备。这一步要注意，不能以高冲法将开水注入器皿，也不能让开水在器皿内留时过长，否则将影响茶叶后续的均匀析出及耐泡度。

接着，将公道杯中的茶汤注入客人的杯中，再倒掉。这样客人的饮用杯都做了温杯，并留有了接下去要饮用茶品的底子，让后续的品尝更为纯粹。

第四步是注水正式开泡。青茶必须用沸水冲泡，有的人主张用90度水泡，我是不认同的，这会将一泡好茶泡僵，后续再用沸水冲泡也醒不过来，对有要求、懂行的茶客来说，这茶基本就算是废了。

用缓注法泡，沸水匀速、舒缓地沿顺时针方向移动注入，器内茶叶内蕴物就会一泡泡较为均衡地释放出来；若用急冲高泡法，茶叶头几泡就像鲜花怒放，略有后劲不足之虑，而许多老茶客习惯这种泡法，这样茶味显得豪爽而劲道。两种泡法各人自有偏好，没有优劣之别。一般在沸水注入后，闷上10至20秒，即可倾入公道杯，再分至客人杯中，客人可在闻香后品味。一般青茶泡7至8泡没问题，10泡以上是相当耐泡的了。泡茶时间的掌握，第二、三泡水留器中的时间可短些，因为茶叶已经打开，而内蕴物还很充足，随后，依着泡的次数增多，可适当增加开水留杯的时间，直至茶味寡淡而另换新茶。这只能依据各自的口味、经验自做决定了。

这里要特别提醒，每次冲泡后，茶水倾注到公道杯，都必须将茶器内的水倒完、沥尽，不可留有汤水。否则会毁了后续冲泡。原因有二：一是茶叶内容物会在汤水中继续析出，影响茶叶冲泡后劲；二是余汤会影响下一个冲泡过程的水温，使接下来的冲泡温度达不到茶体绽放的要求，造成茶汤出现蔫不拉耷的滋味。

接下来就闽北乌龙茶、闽南乌龙茶、广东乌龙茶、台湾乌龙茶，来聊聊不同地域几款青茶的品鉴。

这几年岩茶大热。有些核心产区的名品岩茶，500克炒到了十几万元、几十万元。一泡茶就 10 克分量，说是要几千元的比比皆是，几百元一泡，甚是寻常，口气大得不得了。那我们就先说说闽北乌龙茶中的岩茶。

其实岩茶是小众，即使是在相对热门的闽浙沪一带，接受面也不是很广，全国范围来说受众就更稀少了，有的是没接触到，有的是排斥那个味。但长期以来确有一部分茶客特别迷恋岩茶，这主要是因为岩茶具有其他茶所没有的独特的"岩韵"。这缥缈的"岩韵"，往往让新接触岩茶的茶客感到困惑，但当将"岩韵"进一步解释为"岩骨花香"，这"花香"两字，似乎就让新茶客理解、接近"岩韵"有了梯子。"岩骨花香"可以理解为武夷山的茶树，植株在最宜好茶生长的砾壤之上，这"砾"便是岩石风化的小块、小颗粒，那么扎根于砾壤之上的茶树，充分吸收了其中的多种有益元素，形成了"岩"的独特基因，就把茶味的骨撑了起来。当然，最后萦绕在人们味蕾上的还得是花香，这花香在意识上应该还留存着岩石的韵味。这就是所谓的"岩韵""岩骨花香"的一个循环。

我们在日常品饮岩茶过程中，常有哭笑不得的事发生，例如，有的朋友把岩茶焙火工艺带来的炭火味当作"岩韵"了。对高焙火的岩茶，说是"岩韵"足。其实岩茶按焙火程度有轻火岩茶、中火岩茶、足火岩茶之分，焙火程度的高低决定了岩茶是清香型、熟香型还是高香型，这与"岩韵"不是一回事。

有的茶客，甚至将岩茶在某些加工环节错失而呈现的味道，误认为是"岩韵"。如酵味（发酵过度）、渥味（揉捻后未及时烘干）、焦味（炒焦、焙焦），还有些是烟味、过火味、酸馊味等。

比较正统的说法，"岩韵"是指乌龙茶优良品种，生长在武夷山丹霞地貌内，经武夷岩茶传统栽培制作工艺加工而形成的茶叶香气和滋味。

按我本人的经验，好的岩茶，必是香气透显，干茶香、热茶香、冷汤香俱佳。而且这个香味，浓而不尖、和而不冲，平衡性很好，饱满而舒缓。还有，茶汤入口、下咽，嘴里久有香味充盈萦回。更使人欣喜的是，茶汤的香里透着微甘、酽醇、鲜爽之味，无觉于苦涩。可贵的是这种滋味，从第一泡开始，到七八泡还是均衡有劲，无所衰减。因此，我认为具备了香、和、久、甘、劲这五点，就可算是一泡好岩茶了。

当然，岩茶的香味较为丰富，有花香、果香或兼乳香、蜜香等，其中馥郁的兰花香最为茶客所推崇，桂花香、水蜜桃香等也各有支持者。

武夷岩茶是乌龙茶的始祖，就制作工艺来说，它属

于半发酵茶中的重发酵茶，发酵程度在75%左右。这既
与50%左右发酵度的其他乌龙茶有差异，又与全发酵的
红茶不同。岩茶制成品就外观来看，茶条壮结、匀整，
色泽青褐润亮。泡汤后叶底肥软，为"绿叶红镶边"，
叶面呈蛙皮状沙粒白点，俗称"蛤蟆背"。其茶汤为橙
黄、金黄或酒红色，清澈、明亮、浓艳。

　　武夷正山核心区好料，加持好工艺，确实能出好岩
茶，但量的确稀少，得之当珍，待佳时与同好者共享，
亦人生一快事也。但岩茶一红，假冒者众，特别是以次
充好、以普品充名品的现象泛滥，茶客们当细辨之。

　　闽南乌龙茶以安溪铁观音为代表。最红火时，茶界
有"无铁不成市"的称誉。

　　铁观音的品鉴有传统工艺和现代工艺之分。传统工
艺铁观音，发酵度在50%左右；现代工艺铁观音向绿茶
靠拢，发酵度在25%左右。我们从形、色、香、味来认
识一下不同工艺制作的铁观音。

　　从外形看：铁观音茶条卷结，肥壮圆实，沉重匀

整，就是我们常说的状似蜻蜓头、螺旋体、青蛙腿。细看一下，传统工艺铁观音颗粒多呈半条索状，现代工艺铁观音颗粒感更强。假如茶体松散、破碎、杂乱，就称不上是佳品了。

从色泽上看：传统工艺铁观音，干茶乌褐砂绿，泡后叶缘发红，绿叶红镶边明显，茶汤金黄明亮。而现代工艺铁观音，干茶及泡后叶色更偏鲜绿，没有红镶边特征，汤色黄中泛绿，色泽偏浅。当然不管是哪种工艺，好茶的汤色必是清澈的，混浊的则不妙了。

以香而论：总体来说，铁观音香气浓郁持久，含有兰花香、生花生仁味、椰香等各种香味，这些香味形成铁观音的"观音韵"，像岩茶称为"岩韵"，"观音韵"又简称为"音韵"。传统工艺铁观音香气馥郁、浑厚，现代工艺铁观音香气清雅、高扬。

以味来说：传统工艺铁观音茶汤香气饱满，层次丰富，韵味悠长，而且香潜汤中，汤中有味，回甘生津持久。现代工艺铁观音，茶汤滋味不如传统铁观音醇厚，而是偏向鲜爽，但往往杂有青涩味，得不到乌龙茶老茶客的认同。

不管铁观音采用新工艺还是老工艺，好的铁观音，都是汤色清亮，香味纯净，热汤冷汤香气均在，少有青涩味的。但好茶难得，许多铁观音都难以达到这一境界，往往青涩味满口。

广东乌龙茶的名品凤凰单丛，一接触就给我以惊喜，后续再相遇，仍给我良好的感觉。或许是凤凰单丛平时我们喝得不是那么频繁，遇到的都是佳品吧。

凤凰单丛，因源于广东潮州凤凰镇凤凰山而得名。作为半发酵茶，凤凰单丛的工艺把握得比较好，就我接触的一些凤凰单丛茶来看，几乎没有什么青涩味，记忆中全是各种香味。

凤凰单丛，条索粗壮，乌褐油润，汤色橙黄清澈，香气馥郁持久，滋味醇醇鲜爽，令人齿颊留甘，满口兴起春天的感觉。此茶最大的特色是香，号称"茶界香水"。香的主要种类有蜜兰香、栀子花香、芝兰香、桂花香、玉兰香、肉桂香、杏仁香、柚花香、金银花香

（俗称鸭屎香）、姜花香等 10 大类，可谓众香浮动。岩茶讲"岩韵"，铁观音讲"音韵"，凤凰单丛因产地生态环境好，讲究的是"山韵"。

2021 年 10 月 16 日，一批凤凰单丛茶种搭载神舟十三号飞船进入浩瀚太空，历时 183 天重返地面，于 2022 年 4 月 16 日在京开舱取出。2022 年 5 月 21 日，凤凰单丛太空茶种在广东潮州完成种植。我们不久就可以品饮到凤凰单丛具有"太空血统"的茶汤了，那时候凤凰单丛讲的可不仅是"山韵"，还有更为神奇的"空韵"了。

我想，"韵"这个概念，是只可意会，不可言传的。各人只能根据自己的经历、学识、修养，以所遇茶之色、香、味、形为触发点，在细品过程中去感受、去顿悟了。

台湾乌龙茶的半发酵工艺传承良好，但也有轻发酵、中发酵、重发酵之分。轻发酵向绿茶靠拢，以文山包种为代表，发酵度在 25% 左右；中发酵类似于传统的铁观音，冻顶乌龙茶可作为理解的样本，保持50%左右发酵度；重发酵向红茶方向迈进一步，东方美人可作为形象代言，发酵度在70%左右。在大陆茶客的心目中，台湾乌龙茶还是以中发酵的乌龙茶为主流，这一路的台湾乌龙茶较受乌龙茶的老茶客青睐。那么下面的讲述也以中发酵的台湾乌龙茶为样本。

台湾乌龙茶的特点是，茶树生长环境保持着良好的生态，农药、化肥多弃之不用，所以难以入口的涩感几乎感觉不到。

台湾乌龙茶的制成品呈半球状，色泽墨绿；冲泡后展叶，梗叶相连，嫩匀成朵；茶汤为金黄色，类似琥珀；茶汤入口呈现熟果香、浓花香，而且滋味醇厚饱满，甘润鲜爽，回味劲足。高香浓味，是好的台湾乌龙茶的一大标准。

台湾乌龙茶多以山命名。一般规律是山越高，出产的乌龙茶品质越佳。世界上最高的乌龙茶山场是台湾的大禹岭，茶区海拔在2200米以上，所以大禹岭乌龙茶可以说是乌龙茶一珍，入口有独特的花果香，落喉甘滑，高山韵饱满，层次丰富，喉韵鲜爽，回味持久，可谓是色、香、味皆迷人。

台湾乌龙茶四季皆可采制，所以台湾乌龙茶分为春茶、夏茶、秋茶、冬茶，其中春茶品质最佳，秋、冬茶次之，夏茶差些。四季乌龙茶一般可以以叶底厚薄及柔软度来辨别。春茶叶底肥厚，茶梗、茎、脉柔软有弹性，其他各季都各有逊色；夏茶叶面最为瘠薄，僵而不柔。虽说台湾乌龙茶四季可采，但一般来说，采三季的多，采四季的少。

红茶，几乎温暖了整个世界

作为全发酵茶的红茶，是不发酵茶绿茶的异化。据传400多年前，有一支军队经过福建武夷山，当时正逢采茶时节，茶农将茶的嫩叶采下堆放在一起，还来不及进一步动作，听闻兵匪袭来，赶紧逃命去了。待兵过境，茶农回来发现，茶青因堆放过久已经发酵。不得已，为挽回损失，茶农只好死马当作活马医，放弃绿茶制作工艺，用松针、松柴烘干的方法试制茶品，说实话当时心里是一点底也没有的。出乎意料，这样制出来的茶居然有一种特殊的香气，而且颇受市场欢迎，红茶就这样"歪打正着"，在茶界响当当地另外立起了一个山头。看来，世上许多事物都是在无心插柳下蓬勃发展起来的。

这一红茶的发源地，是福建武夷山星村镇桐木村。这里诞生的颇为传奇的红茶被命名为正山小种。正山小种红茶成为世界红茶的鼻祖，这是国际上公认的。那么为什么将此红茶称为"正山小种"呢？正山，具有正宗、独此无二之意，它将桐木关一带海拔相同、小气候一致的高山茶产地，作为一个核心产区，以与其他产区的茶相区别；小种，主要是指茶树品种为小叶种，也有产地地域不大、产量受小气候所限的意思。

正山小种红茶于1610年传入欧洲。1662年，当葡萄牙的凯瑟琳公主嫁给英国国王查理二世时，她的嫁妆里就有几箱正山小种红茶。正山小种红茶自此发端，成为英国上流社会的时尚标配和不可或缺的饮品，并渐次在西方国家及各大洲风靡。

红茶在中国虽不占主流地位，产销量只占我国茶叶总量的10%出头，与占我国茶叶总量60%以上的六大茶类的第一大户绿茶有难以相比的差距，但就整个世界来说，红茶的产销量却居于各大茶类中的头筹位置。

据现在流行的说法，世界四大红茶是指祁门红茶、阿萨姆红茶、大吉岭红茶、锡兰高地红茶。祁门红茶，简称祁红，产于我国安徽省西南部黄山支脉的祁门县一带；阿萨姆红茶，产于印度东北部的阿萨姆邦喜马拉雅山脉南麓的阿萨姆溪谷一带；大吉岭红茶，产于印度西孟加拉邦北部喜马拉雅山脉南麓的大吉岭高原一带；锡兰高地红茶，产于斯里兰卡，其中以乌沃茶最为著名。

而就我国来说，多年来名声最响的红茶是祁红和滇红，这两种茶都是上过中学地理课本的，我记得是书上述说各地物产时提到的。祁红即祁门红茶，而滇红则是产自云南的大叶种红茶。而当今处于我国红茶天花板位置的则是产自武夷山桐木关的一种叫金骏眉的红茶。金骏眉源自武夷山桐木村,是正山小种的创新与升级,在2005年才由茶企研发试制成功,走向市场。金骏眉一面世就风行开来,品位与价格使其他红茶望尘莫及,在红茶界至今仍受追捧。但茶一贵就不乏假冒品,市面上假的金骏眉不少。

红茶属于全发酵茶,基本工艺流程是萎凋、揉捻、发酵、干燥。中国红茶按初制方法大体可分为小种红茶、工夫红茶、红碎茶三大类。

小种红茶以红茶鼻祖正山小种为代表。正山小种是产自武夷山桐木村一带的红茶,是有一个明确的地理范围的,出了这一范围,附近地域产的红茶就是外山小种了。传统的正山小种,由于起源的关系,是有熏焙这道工序的,但有些人对"烟熏口味"不习惯,一些制茶师就省略了烟熏工艺,所以现在有些正山小种的滋味只呈现微微的甘、醇。

18世纪中叶,在小种红茶制法的基础上,发展出工夫红茶的制法。1875年前后，工夫红茶制法传到安徽，盛产绿茶的祁门县开始生产红茶，祁红因香高味浓而驰名天下。工夫红茶的工艺是让鲜叶先萎凋，然后揉捻，让茶叶发酵，再烘干，粗制完后再精制。祁红、滇红是其经典代表。

19世纪，我国的红茶制法传至印度和斯里兰卡等国，后又发展出红碎茶分支。红碎茶在制作中要进行高温发酵，它还有一道工序是在揉捻过程中用设备将茶叶撕碎，粉碎、揉捻才能使红碎茶出现颗粒状。红碎茶主要是做袋泡茶，多用于出口。

其实除一些名声响亮的红茶外，不少省份都有一些代表性的红茶名品，譬如福建有坦洋工夫，广东有英德红茶，浙江有九曲红梅，贵州有黔红，湖北有宜红等。

我平时不大喝红茶，感觉不够劲道。但红茶属于全发酵茶，性温，中医认为胃喜暖，一般认为红茶能养胃。在凛冽的冬日，在高楼之上，望着纷飞的大雪，雪花一团团向玻璃窗撞来，沸着一壶云南古树红茶或沏上一壶金骏眉，一股暖意便自然涌来，如此情境，可与喝冒着蒸腾热气的绍兴加饭酒相媲美。

　　但人们常以为睡前喝红茶不影响睡眠，则有误导之嫌。茶均含有咖啡因成分，咖啡因能使人脑兴奋，睡意不翼而飞，所以茶会不会影响睡眠，关键是看这款茶的咖啡因含量高低。印度阿萨姆红茶咖啡因含量较高，则可作为治疗失眠的良药。根据人体中枢神经兴奋过后会转向抑制的规律，让有失眠症状的人早起饮阿萨姆红茶，那么整个白天精神旺盛、睡意全无，到晚上就可以有一个好睡眠了。若有人临睡前喝阿萨姆红茶，那还能期待一个平静的夜吗?!

红茶的品鉴

冲泡红茶的器皿以紫砂壶或盖碗为宜。冲泡的步骤，简单地说就是用沸水温壶、洗茶、正式冲泡三部曲，具体可参照青茶的冲泡方法，这里不再细述。

当年，金骏眉刚在市场上风靡开来，随后，假冒产品也蜂拥而至，这就是市场的力量。虽说是一股"歪脖子"力量，得矫正，但也是力量。我和几个朋友特地驱车长途奔赴武夷山的金骏眉创始茶企品赏正源，以树立标杆，当然也有游玩的成分。这种将游玩与学习结合的行走，是名副其实的游学。再说人以群分，大家趣味相投，一路惬意谈笑，后又时时忆及，鼓动适时寻机再出发，实可乐也。但不可能人人如此，为喝个茶，弄清真假，来回数百里、数千里地奔波。

其实，品鉴红茶与品鉴其他茶一样，茶客得先在心中有个条框，再接触各款红茶，慢慢心里就透亮了。没有条条框框打底，喝了不少茶，依然理不清逻辑，心里只有一团乱麻；只有条条框框，不接触茶，也是"纸上得来终觉浅"，体味不出东西南北。理论与实践相结合才能有真知、真味。

说品鉴，再简单的还是得回到形、色、香、味的常识上来。

外形：上佳的红茶，干茶的外观匀称，条索紧结，颜色有乌润、栗褐、枣红或黄亮等，相当齐整。若是茶条大小不一、松散、有碎末就非佳品，或者干茶条索花杂，乌黑中杂着暗褐、枯黄等颜色，说明发酵程度不一，做工火候欠缺，也是次品了。

色泽：一款高品质的红茶，干茶色泽油润，冲泡后得来的茶汤不管是酒红还是金黄，必是清澈透亮的。不同产地、不同工艺的红茶，茶汤的颜色深浅有所区别，但茶汤均以清透为佳，否则就不是一款好的红茶了，如汤色欠明就是次品，汤色浑浊则是劣品。

香气：优质的红茶，往往有果香、蜜香等馥郁的茶香，干茶与茶汤均有这种香气。若是茶的香味寡淡，或没有什么香味，甚或带些青草味，则是茶叶内质不足或工艺不到位所致，常是品质不佳的表现。红茶的香气不但要馥郁，而且要纯正，不能有丝毫的杂味和怪味。若是在品茶过程中闻出酸馊味，往往与红茶发酵过度、烘干不及时有关；又或是红茶在存放过程中，没有做好防潮，在水汽的作用下，茶叶散发出怪异的酸味，这样的红茶就不能饮用了。

滋味：一款好红茶，茶汤呈现微微的甜，而且是甜中融有花香、果香、蜜香，专业术语可表述为入口甘甜，齿颊生香。如果一款红茶的茶汤发苦、发涩，或有其他的味道，譬如酸馊味，那么这款红茶的工艺或保存是有问题的。

另外，品鉴的最后一道工序往往要看一下叶底。将泡过的茶叶拨出来摊放，叶底乌黑或红润或黄亮，比较匀整，少碎杂，这就是一款好红茶的底子了。

一般品茶，了解这些就够了。但往细里说，红茶有红艳、红亮、深红、浅红等 10 种汤色，毫香、花香、果香、松烟香等 8 种香型，浓醇、甜醇、鲜醇、平和等 12 种滋味，诸如此类，常将人搞晕。而且说到那样的份上，给一般人的感觉好像就是孔乙己卖弄茴香豆"茴"字的写法，多数人没那闲工夫，不听也罢。

但具体到小种红茶、工夫红茶、红碎茶，我们还是要简略地说上几句。小种红茶与工夫红茶，一般口感都以醇厚、微微甘甜，且有馥郁的花果香、蜜香，韵味久萦不散为上品；红碎茶的特点是滋味浓烈，一泡即冲顶，适合外国人直接、讲效率的生活习惯，多用于出口，做袋泡茶为主，当然他们还根据各自喜好常在茶中加奶、糖之类调味。

　　还有顶级红茶金骏眉也得另说一段。哲学常说一般之中要看到特殊，具体问题要具体分析。一般来说，上佳的红茶，干茶的色泽是一致的，色泽斑驳，往往是发酵程度不匀的表现。但金骏眉是一般中的特殊，高品质的金骏眉干茶包含金黄、褐色、银色、黑色四种颜色；质地较差的金骏眉常呈现通体金黄，或黑色条索中夹杂着非标准的其他条索。好的金骏眉外形细瘦、紧实、大幅度的弯曲，这是纯手工揉捻所致。既然说到外形，那也就顺带聊聊色、香、味。质优的金骏眉茶汤一般呈琥珀色或金黄色，清澈透亮，而劣质的金骏眉茶汤多为棕红色，并且浑浊不明净；质优的金骏眉自有一股花果香，冲泡后显果香、蜜香，且悠长持久，而劣质的则会有一股焦糖味，冲泡后香气不清、沉闷；质优的金骏眉口感甜美柔和，充盈着花香、果香、蜜香、薯香的馥郁气息，而劣质的金骏眉口感淡薄或不纯。

　　金骏眉作为从正山小种中脱颖而出的红茶新贵，它与正山小种的不同，简略来说：一是原料的不同，金骏眉采用纯茶芽作为原料，据说有人数过，要 6 万至 8 万个芽头才能制作 500 克成品，这成本就噌地上去了，而正山小种则采用一芽二叶和一芽三叶制作的，不可同日而语；二是工艺上有创新，正山小种采用传统的小种红茶工艺，而金骏眉在工艺上有了改变，还吸取了工夫红茶的制作精髓。

　　接着，用一句话来概括几款著名红茶的特征。正山小种是松烟香，桂圆味；金骏眉是果蜜香，鲜醇味。而另两种红茶名品祁红与滇红，祁红是祁门香，蜜糖味，这祁门香似兰、似果、似蜜，还透着淡淡的奶香，滋味十分特别，当年欧洲人干脆直接将其命名为祁门香，遂成祁红的一大特征；滇红则是花果香，浓爽味，因是大叶种，茶青饱满肥硕，茶叶内蕴物丰富，其条茶很是耐泡，其制作的红碎茶味道劲足，在国际上享有较高声誉。

黑茶的天空，其实是多彩的

所谓黑茶，即后发酵茶。后发酵茶的意思是，茶品制成后，茶叶内含物质在时光的流逝中慢慢地发生着转变醇化。

黑茶的天空里，较为著名的有湖南安化黑茶、四川藏茶、广西六堡茶、湖北青砖、陕西茯砖，还有赫赫有名的云南普洱茶。黑茶原先主要流行于西北、西南游牧民族及少数民族聚居区，在江南一带并不多见，但现在说黑茶确有去腻消脂及补充人体所需微量元素等诸多功效，所以在生活相对富足的江南一带也逐渐有了市场。

这些年来最为红火的普洱茶，是否属于黑茶，现在有了不同的声音。起初学术界、茶界、消费者均没有异议，尤其是江南一带的消费者，甚至认为黑茶就是普洱茶，普洱茶就是黑茶，对其他的黑茶还没啥概念。后来有人提出，说普洱熟茶是黑茶没问题，但普洱生茶是晒青茶，后期也没发酵，怎么能说是后发酵茶呢？以我之见，从狭义来说，生普是没有经过渥堆发酵，后面也不存在继续发酵过程的延续，但它在制作过程中保留了茶叶后期转化的活性，为茶叶后期的转化创造了有利的空间和条件，这种在良好储存空间中与空气适度接触的氧化，引起茶叶内质的有益转变，产生新的香型、口感和其他有益于人体的化合物，是广义上的后发酵，所以我是赞同将普洱茶整体称为后发酵茶的。这里也就一锤定音了，不做多议。否则在绿、白、黄、青、红、黑六大茶类外，再单列一类普洱生茶，显得别扭，也不必要。

安化黑茶，是湖南省益阳市安化县特产，也是中国黑茶的始祖。在唐代（856 年）的史料记载中，"渠江薄片"曾被列为朝廷贡品；明嘉靖三年（1524 年），安化黑茶正式创制面世，在万历年间被定为官茶，大量销往西北；2010 年，安化黑茶成为中国国家地理标志产品。

安化黑茶主要品种有"三尖""三砖""一卷"。"三尖"是指天尖、贡尖、生尖；"三砖"是指茯砖、黑砖、花砖；"一卷"是指花卷茶，现统称为安化千两茶。

"三尖"茶是安化黑茶的上品。它以安化境内生产的黑毛茶（云台山大叶种、楮叶齐等）一、二、三级为主要原料，经过筛分、风选、拣剔、汽蒸软化、揉捻、烘焙、拼堆、包装等工序，按品质高低制作成天尖、贡尖、生尖三个茶叶等级。黑毛茶的分级：一级黑毛茶特征，一芽三叶初展；二级黑毛茶特征，一芽三

叶、一芽四叶初展；三级黑毛茶特征，一芽五、六叶
（驻芽、成熟新梢）；四级黑毛茶则以成熟枝梢为主。
天尖以一级黑毛茶为主拼原料，少量拼入二级优等的黑
毛茶；贡尖则以二级黑毛茶为主，少量拼入一级次等和
三级优等黑毛茶原料；生尖用的黑毛茶较为粗老，大多
为片状，含梗较多。"三尖"茶采用谷雨时节的茶树鲜
叶加工制作，曾是西北地区贵族的主流饮品之一。清道
光年间，天尖、贡尖被列为贡品，供皇室饮用。"三
尖"茶多采用篾篓散装，这是现存最古老的茶叶包装
方式。

"三砖"茶均以安化黑毛茶为原料，经过筛分整
理、拼堆、渥堆、计量、蒸茶、压制定型、发花干燥等
工艺生产出块状安化黑茶成品。茯砖茶按品质分为特制
茯砖和普通茯砖两个等级，按压制方式分为手工压制和
机械压制两种。优质的茯砖茶储存一定时间后撬开来，
内有淡黄色"金花"，学名叫冠突散囊菌，闻之有清
香，并非霉变。"金花"内含丰富的营养素，包括18种
氨基酸、450多种对人体有益的成分。茶砖内"金花"

越茂盛，则品质越优。黑砖茶，按品质分为特制黑砖、普通黑砖两个等级。花砖茶，砖面四边均具花纹，按品质分为特制花砖和普通花砖两个等级。

"一卷"，指花卷茶，又称安化千两茶。千两茶是以安化二级、三级黑毛茶为主要原料，经过筛分整理、拼堆、计量、汽蒸、装篓、滚压定型和自然干燥等工艺加工制成的产品。其包装材料极其讲究，用蓼叶或箬叶、棕叶衬内，外套花格篾篓捆压而成，外形呈长圆柱体状，根据分量不同，有千两茶、五百两茶、三百两茶、百两茶、十两茶等规格。

藏茶源起唐代，渐次风行于西藏及更大地域。

据传吐蕃赞普松赞干布久病不愈，某日，窗口飞来一小鸟，口衔一嫩枝，众人皆认为是神来相助。松赞干布命宫役取来煮水，服下后，沉疴竟在无觉间逸散，遂遣人按此枝八方找寻，最终在汉区（今四川），找到了当地人称之为茶的这种植物。唐代文成公主入藏时带去许多植物种子及丝绸等中原物品，其中就有茶籽、茶叶，于是西藏王公、僧侣、贵族、民众对茶更加珍视，将茶奉为上品。但西藏是高寒之地，茶叶种植在当时未获成功。所以历史上，西藏并不产茶，所谓藏茶，主要是指茶叶在川、滇等地被制作成茶砖、茶饼，由马帮经茶马古道运进西藏的茶。茶叶入藏非常不易，道路崎岖，危险重重。入藏的茶马古道主要有两条：川藏道从四川雅安出发，经康定、昌都再至拉萨；滇藏道南起云南茶叶主产区思茅、普洱，经大理、丽江进入西藏。藏茶在元朝统治西藏时愈益发扬光大，成吉思汗的继位者窝阔台在位时期，将藏茶输往中亚、西亚、欧洲一带。

自古至今，四川雅安是藏茶的中心产地。雅安位于四川盆地向青藏高原过渡地带，雨量极为丰沛，境内高山历来出产名茶。传说 2000 多年前，有位叫吴理真的道士在蒙山收集野茶种子，种下七株仙茶，采摘后，取甘露、井水熬煮，创造了茶这种流芳百世的饮品。由此说来，雅安可以说是整个世界的茶叶发源地之一。

我们这里梳理一下：由两条茶马古道进入藏区的茶，应该属于广义上的藏茶，其中一部分符合狭义上藏茶的定义，而云南进藏的一部分普洱茶（大叶种）茶品，由藏区的人们收藏、饮用，有些人也称之为藏茶了；严格意义上的藏茶，是指在西康汉区（现四川雅安市范围）专为西藏及周边藏民聚集区生产的小叶种全发酵砖茶。雅安藏茶的制作是各种制茶工艺中最为费时、最为繁复的，一般要经过和茶、顺茶、调茶、团茶、陈茶五大工序、三十二道工艺，依古法炮制，需耗时六个月左右。

清代末年始，四川的藏茶分为两等六级。上等称为"细茶"，有毛尖、芽细、康砖之分；下等称为"粗茶"，有金尖、金玉、金仓之分。

藏茶有多种叫法，如元代时叫"西蕃茶"，别于内地所饮的各种川茶，不同时期还有"乌茶""马茶""砖茶""大茶""边茶"等诸多叫法。

自清朝以来，各路边茶的制作、形状、包装、品类都基本有各自的定式，承袭下来，有的延续至今天。如今的边茶主要产自四川、湖北、湖南三省。四川生产的边茶主销西藏、青海及其周边地区，湖北生产的边茶主销内蒙古，湖南生产的边茶主销甘肃、青海、新疆。藏、内蒙、甘、青、新一带民众对茶有着天然的亲近、依赖，有"宁可三日无食，不可一日无茶"的说法，因为这些区域的民众，尤其是牧民多以牛羊肉为主食，果蔬稀缺，所以日常用茶、奶茶来解油腻及补充人体所需的各类微量元素。

广西六堡茶在江南一带被认识、品饮，还是近些年的事，但却有跨越千年的悠久历史。至清嘉庆年间，广西六堡茶已以其特殊的槟榔香味被列为全国名茶之一，在东南亚地区也有相当大的影响力，少量的甚至通过贸易渠道流入英国等欧洲国家。清朝初期，南洋的马来西亚就开始开采锡矿，广东、广西多有人去那边"淘金"，但当地气候湿热，坑道湿浊尤盛，许多人水土不服，后来有人发现喝六堡茶的人状态较好，各界人士受到启发，认为六堡茶有祛湿热的作用，现在这已成为六堡茶的一个卖点。

六堡茶因产于广西壮族自治区梧州市六堡镇而得

名，属中国国家地理标志产品。六堡茶选用苍梧县群体种、广西大中叶种及其选育品种的茶树鲜叶为原料，一般采摘茶树一芽一叶至一芽二三叶、一芽三四叶制成。六堡茶像普洱茶一样也分生茶、熟茶。生茶以自然陈化的方式制作，一般以散茶形态出现；熟茶要经过摊青、杀青、揉捻、渥堆、干燥等制作工序，一般为紧压茶。六堡茶成品分为特级和一至六级，共七个等级。六堡茶的生产一度中断，重新为国内饮茶人群所瞩目，是在普洱茶热之后，可以说是普洱茶复兴推动了一些老品种茶重新登上了市场的舞台。六堡茶越陈越佳，具有"红、浓、陈、醇"的特色。

湖北青砖茶主要产于湖北长江流域的鄂南和鄂西南地区，已有六百多年的生产历史。青砖茶顾名思义，是一种压制而成的茶。它以海拔 600 米至 1200 米的高山茶树鲜叶为原料，经渥堆发酵、筛切制坯、蒸压成型、烘干等工艺制成。

青砖的压制分为洒面、二面和里茶三个部分。其中洒面，即面层的茶，质量最好，色泽为棕色，茶汤浓郁可口，有独特的香气，回甘隽永；最里面的一层称二面，质量稍次；这两层之间的一层称里茶，茶中含梗，质量较差。总体来说，青砖色泽青褐，香气纯正，汤色红黄，滋味浓郁。

青砖的形状为长方形，有固定规格：长 34 厘米，宽 17 厘米，厚度 4 厘米，重 2 千克（其中洒面、二面占 0.25 千克，里茶占 1.75 千克）。为给人们提供多种选择，青砖也有 500 克及其他规格面市。

青砖主要销往内蒙古等西北地区，同时在与俄、蒙的贸易中占有一席之地。湖北青砖茶有提神、助消化、提供人体所需的微量元素等功效，但江南一带较为少见。

陕西茯砖茶，又称泾阳茯砖茶，是陕西省泾阳县的特产，是全发酵的后发酵茶。

泾阳茯砖，已有 600 多年历史，因其是在夏季伏天加工制作，其香气和功用又类似茯苓，蒸压后外形呈砖状，故称"茯砖"。

"自古岭北不植茶，唯有泾阳出砖茶。"中国丝绸之路外销的货物主要是丝绸、瓷器、茶叶。泾阳是南茶北上的必经之地，以其运输枢纽之地利，遂形成了茶叶加工制作中心。泾阳茯砖茶是西北、蒙古等游牧民族地区特需商品，古时沿着丝绸之路一直远销至中亚、西亚及俄国部分地区，被誉为"丝绸之路上的黑金"。明清到民国时期是泾阳茯砖茶发展的鼎盛时期。《泾阳县志》载："清雍正年间，泾邑系商贾辐辏之区。"在泾阳境域有商号 131 家，其中经营茯砖茶的商户门店达 86 家。

1958 年，全国供销合作总社茶叶局认为，在泾阳制茶需要二次运输，提高了成本，于是关闭了泾阳茯砖茶厂，并将茯砖加工的任务全交由湖南省承担。如今泾阳茯砖茶的主要产地为陕西泾阳和湖南益阳。

保存得当的茯砖，存放年代越久，香味越醇厚，茶汤越红艳明亮。好的茯砖内部也会有"金花"，学名为"冠突散囊菌"，此菌对人体有诸多益处。金花与发霉不难区别，闻之一有淡淡清香，一显霉味。茯砖茶走红有地域特点，流入江南的很少，有的话也是作为茶品类的样品而存在。

这些年来，黑茶中最红的要数普洱茶，而且就整个茶界来说，最为热闹的也属普洱茶，喝的、投资的、炒作的、作为金融产品的，一派纷繁，潮起潮落，而且带动了其他茶类跟风，门外的人一看，正有点"乱花渐欲迷人眼"。当然，许多入心的茶迷，是真的将普洱茶看作茶饮终极境界的。

普洱茶有生茶和熟茶之分。其准确的表述为，以地理标志保护范围内的云南大叶种晒青茶为原料，并在地理标志保护范围内采用特定的加工工艺制成，具有独特品质特征的茶叶。生茶、熟茶之分主要是工艺特征有别，熟茶要经过渥堆发酵工序的，而生茶则没有。生茶工艺的主要步骤是杀青、揉捻、干燥，而熟茶工艺的主要步骤是杀青、揉捻、渥堆、干燥。

普洱茶历史非常悠久，早在 3000 多年前，云南种茶先民就已经献茶给周武王，但那时还没有普洱茶这个名字。文献记载，唐吏樊绰是最早种植普洱茶的人。明朝李时珍《本草纲目》中有"普洱茶出云南普洱"的记载。普洱茶在很长的历史时段中并没有出现熟茶的概念，熟茶的出现较晚，它是为了加速生茶自然陈化进程，进行人工干预的产物。这一以渥堆发酵为核心的陈化干预程序，1973年在中茶昆明茶厂试制成功，遂生产熟茶的散茶面市、出口。这一工艺在1975年定型，旋即生产出第一款压制成砖的熟普，主要供出口销售。1976年，为规范出口茶品，中茶公司对普洱茶实施标准化，茶品包装纸上有一组四位数标注，前两位数是茶谱的起源年份，第三位数是加工的茶叶等级（毛茶分为1至10级），最后一位数是茶厂的编号（1是昆明茶厂，2是勐海茶厂，3是下关茶厂），这组标注数字业内称唛号，譬如唛号为7581，就说明这款茶是1975年的配方，采用8级料，由昆明茶厂制作。说到底，对普洱熟茶来说，1973年是条从无到有的重要界线。

普洱茶还有新茶与老茶的概念，这似乎是所有后发酵茶都挺讲究的概念。

普洱茶尚有台地茶、小树茶、中树茶、大树茶、古树茶的区别，原料良莠不齐，差别巨大，制成茶品自然有云泥之别。

云南地域广袤，出产普洱茶的山头众多，而各个山头的土壤、小气候、光照、坡面都各不相同，所以说千山千味，风情万殊。

在制茶选料上，还有台地料、乔木料、单株纯料、同一山头料、拼配料等区别。光拼配就有几棵树拼配、几个山头料拼配、大小树拼配、纯春茶拼配、纯秋茶拼配、春秋茶拼配、不同年份拼配等等。拼配中还有量的比例不同，这样看来，几乎有无穷的变幻。

而世上事物往往如此：越是丰富、越是无穷、越是深邃，一下见不了底的，就越是魅力高冲，越是能使人思之、思之、重又思之，令人欲罢不能，沉醉其中；而一眼见底的物、事，反而难以寄托深情。普洱茶与其他茶类相较，或许这一言难尽，曲径通幽，正是其在相当长一段时期依然粉丝云集的缘由。

普洱茶在此后的书写中，将逐渐展开，这里暂且打住。

黑茶的品鉴

十多年前，我应邀造访朋友的艺术会所。朋友知我爱茶，便拿出半块黑乎乎的茶砖，说这是西藏高僧所赠，几经转手到了他那里，平时深匿如珍宝，今日缘分到了，撬了分享。于是便拿紫砂壶来泡，并聊了一大堆藏茶对人体的好，品饮感觉茶有陈香，味醇厚，当时是一种新体验。

其实对各色茶类的品鉴，主要便是品茶与水相融的方式方法，以及茶汤的香气、口感、滋味如何。

作为后发酵茶，黑茶可泡可煮，泡茶的水都得是沸腾了的。一般说来，等级高的、嫩芽为主的以泡为佳；等级低的、粗老叶多的，多选择煮。当然，依据各人的习惯及操作便利，各等黑茶都是煮、泡均可。

泡分盖碗泡与紫砂壶泡。年份老的黑茶，以紫砂壶泡为上，因其保温性能略胜一筹；年份浅的黑茶，特别是当年刚上市的普洱生茶，有些绿茶的茶性，盖碗泡似乎更为妥帖。当然，所有的黑茶，壶泡、碗泡均无不可。

煮，现在各式材质的壶具挺多，可凭各自所爱选择，但最直观、实用的还是玻璃壶，在煮的过程中一目了然，火候高低、出汤浓淡自可把握；陶、瓷、铁、银等壶煮茶，也各具韵味。当然西北地区牧民的铜锅、铁壶煮茶、煮奶茶与我们又有不同。

黑茶冲泡时要有温壶（碗）、杯程序，先将壶（碗）、杯用刚沸的水冲淋一下，这与青茶等冲泡相同，为的是使器具洁净、升温，营造一个让茶品与沸水能够倾情激荡的高温环境，令茶叶的香与内蕴物在瞬间苏醒、活跃起来。温壶后是前泡，当然，前泡只起到洗茶、醒茶的作用。散茶的话，坐杯数秒钟，即可将茶汤用于润壶、润杯倾注出来；紧压茶的话，看紧压程度可多逗留几秒，压得越紧，越可多逗留几秒，以让茶润醒，但最紧压的茶一般也不超过 15 秒，宁可接下去第一泡茶坐杯时间延长一些。

煮的话，就没有洗茶、润茶的工序了。只需将茶杯用开水淋一遍，以提升杯温。煮茶出汤注入公道杯时，用滤网过一下，以隔离茶碎末即可。中型紫砂壶投茶量一般在 7 至 10 克，投茶多少实无定数，得根据壶的大小、喝茶习惯去摸索，太浓了出汤快些，太淡了坐杯时间久些，也可作弥补。壶煮时的投茶量，根据壶的大小来度量，实践几次后自可把握。一般来说，不管泡、煮，茶水比把握在 1∶50 至 1∶60 左右。但喝茶是特有个性的事，各人日常运用里，可多斟酌，随后便得心应手，切不可老是用电子秤来称一下，永远停留在学徒阶段。

　　湖南黑茶有"三尖""三砖""一卷"之分。"三尖"现在又称"湘尖",并将天尖、贡尖、生尖分别称为湘尖一号、湘尖二号、湘尖三号。以往"三尖"茶多以散茶面市,现在也有以砖茶形式出现。天尖、贡尖,清代在贡茶之列,从外形看,茶的条索紧结、色泽乌黑油润,芽叶细嫩,冲泡时储存依年份浅、久,汤色呈杏黄、深黄至浅红、亮红,品饮时清新爽口,有一股淡淡的杏仁香。

　　"三尖"中的生尖茶、"三砖"中的茯砖及"一卷"的千两茶,用料比天尖、贡尖略逊,储存好的茶冲泡后会有杏香、松香味,香味纯正无杂,茶汤黄或红,色泽浅或深,与茶品年份短长对应,品饮时口感醇厚,略有淡淡的涩味。紧压的黑茶均以有金花为上,有金花的黑茶透着一股淡淡的清香。

　　"三砖"茶中的黑砖、花砖,特别是花砖,除有正常的茶味、香味、汤色外,一般口感有点糙,也多了分涩。

　　品鉴藏茶，主要是品鉴四川雅安生产的藏茶。自清末以来，四川的藏茶分为两等六级。上等的称为"细茶"，有毛尖、芽细、康砖；下等的称为"粗茶"，有金尖、金玉、金仓。

　　毛尖：采用细茶的特级、一级、二级毛茶为原料，成品砖型平整光洁，显毫，香高味浓，茶汤黄亮，叶底嫩匀。

　　芽细：采用细茶的三级、四级毛茶为原料，砖型平整，显芽，香正味浓，茶汤黄红，叶底尚嫩。

　　康砖：采用细茶的四级、五级料和一些级外的细茶原料制成，砖型平整，叶型显条，香气平和，滋味醇厚，茶汤红黄，叶底尚匀。

　　金尖：用细茶级外料和一级粗茶料制成，砖型平整，色泽棕褐，香气纯正，滋味尚浓醇，汤色红亮，叶底显老。

　　金玉：采用一至三级粗茶为原料，甑型平整，显红绿茶梗，香正味醇，汤色红亮，叶底粗老含粗梗。

金仓：以四级及以下粗茶料为主料、红梗为配料，在销区用于饲料缺乏时喂养牲畜，因此又叫"马茶"，甑型粗糙松散，含粗梗较多，香低味淡，汤色浅红，叶底梗叶混杂，这种茶新中国成立前就已经停止生产。

六堡茶分为特级和一至六级，共七个等级。

特级茶条索紧细、匀整，色泽黑褐、油润，香气陈香纯正，滋味陈、醇、厚，汤色深红明亮，叶底黑褐、细嫩、柔软。

六级茶条索粗老、尚匀，色泽黑褐、尚净，有茎梗、筋梗，陈香尚纯正，滋味陈、尚醇，汤色尚红、尚亮，叶底黑褐、稍硬。

六堡茶的七个等级，主要还是依照采摘茶叶的老嫩程度及匀整度来划分的。不同等级的茶在口感、香气、汤色、叶底上都会有所区别。

等级高的六堡茶，大多以一芽一叶或一芽二叶嫩度较高的茶叶为主，茶叶内含物质丰富，比较耐泡，且口感鲜爽；等级低的六堡茶，茶叶粗老，且有一定的含梗量，不易成型，条形粗散，内含物质寡薄，滋味平和，耐泡度有限。

六堡茶与其他黑茶一样，成品品质的优劣，是原料、工艺、储存等多种因素共同作用的结果。优质的原料是基础，精湛的工艺很重要，后期的陈化环境与储存方法也很关键。

六堡茶有生茶、熟茶之分。新制作的生茶汤色淡黄，接近绿茶的口感和香气；而熟茶经过人工发酵，新茶汤色呈橙红，茶气中会有发酵味。生茶陈化后会有杏仁香、松烟香、槟榔香、蜜香等呈现，滋味渐趋醇厚；新制成的熟茶渥堆味重，一般需放置一段时间散味后才适宜饮用，熟茶陈化后会有菌香、木香、枣香、药香、参香等口感，滋味会变得顺滑。

六堡茶总体特征可概括为红、浓、陈、醇。这是对陈化后的生茶和熟茶而言的。

几年前，我的一个朋友在一座高山的古寺里品茶。主持僧人泡的是一份优质的六堡茶，他下山后，这茶在他心头长留不去。知我茶商朋友多，他讲述与我听，望我能帮他寻购到此等茶，但在各茶商处品了几次优等六堡茶，朋友总觉略有差距。我想这有两种可能：一是茶品真的有差距，二是当日品茶环境特别好、心境上佳的投射所致。

采用传统制法的湖北青砖，一砖有洒面、二面和里茶之分。洒面质量最好，色泽棕青，茶汤味酽醇厚，香气独特，回甘隽永。二面质量稍次，夹在中间的里茶质量较差。现在也有一砖统料的制法，工序反而简化。青砖一般色泽青褐，香气纯正，汤色黄、红，滋味浓郁。游牧地区用茶多以煮为主。

泾阳茯砖金花普遍茂盛，这是现在发花工艺比较成熟带来的成果。特茯砖面为黑褐色，普茯砖面为黄褐色。两者均香气纯正，汤色橙黄。特茯滋味醇厚，普茯滋味纯和、无涩味。

普洱茶品鉴后文当有详谈，这里就略而待展了。

普洱茶的生与熟

喝茶的队伍不断有新朋友加入。有人问："普洱生茶存放时间长了会不会变成普洱熟茶？"答案是不会。普洱生茶存放时间长了只是成了老生普。

普洱茶分为生茶与熟茶，这是后来的概念，起初是没有熟茶这一说法的。普洱茶属后发酵茶，有越陈越香的说法。采摘、制作、运输、储存、陈化，成为一款老生茶，有巨大的时间成本在里面。时间成本主要体现在储存陈化，少则数年，多则十数年、数十年，不经意间甚至到了上百年。

普洱茶有几千年的历史，有文字记载的唐朝樊绰种植普洱茶，也已有上千年的历史。清代中医学者赵学敏在《本草纲目拾遗》中提到，普洱茶出云南普洱。而普洱熟茶是 1973 年在中茶公司昆明茶厂试制成功的，只有几十年的历史。

在"赶"时间的年代，什么都想快，总想"人定胜天"，于是用人工干预的办法来加速普洱茶陈化的熟茶就面世了。熟茶的核心是采用渥堆发酵的工艺。有的人说这是普洱茶工艺的创新，有的人说这是仿冒生普老茶的一种不成功的造假。各种说法，各自体会吧。

喝普洱熟茶，没啥茶味，没有茶的劲，这是公认的。好的熟茶也淡而无味，如喝白开水，次劣的熟茶仓味、霉味、涩味不一而足，难以入口。所以去朋友处喝茶，朋友客气地问，喜欢喝哪种茶呢，我也不客气地如实说，除普洱熟茶外其他茶都行。就个人选择而言，比起喝普洱熟茶，那还是喝全发酵的红茶吧。

2008 年之前，没有古树普洱茶的概念，茶料一般分为 1 至 10 级。惯例是 1 至 4 级做生茶，5 至 10 级做熟茶。因为熟茶采用渥堆发酵，经过这一工艺，茶料优劣的特征不显，趋于同一，所以很少有用优质料做熟普的。目前有商家称用古树料做高品熟茶，不要说消费者，业内也多不以为然。当然，大千世界，心如繁花，总有人做各种创新、尝试，以辟蹊径，我们不能以自己的认知，对有可能存在的事物作断然否认。但茶界常说，优质的熟普很难得，这似乎是真的。

如今，茶界推崇生茶与熟茶的各有人在。一般来说，一些老茶客比较认同生普，认为这是普洱茶的正源，喝的就是这个味，而且不同年份的生普有不同的味，加工方法也干净卫生，令人放心。但新入门的茶客往往是接受熟普比较容易，因为以往喝的是白开水，口味比较接近，没有生普那么劲猛。所以当一个茶客说也喝普洱茶的时候，你只要问他："平时喝生普还是喝熟普？"听他的回答，就能判断一个人茶龄老不老。老茶客一般青睐生普，新茶客多荡漾在熟普里。

那么为什么现在有不少的茶商及所谓的专家为熟普唱赞歌，说是里面的不少成分对人体有益？就我理解是商业利益所致。据各种资料所载，茶对人体有益的成分各类茶均有，所含成分比例不同而已，熟普也不比其他茶占优，一般茶客不用作多想。但熟茶由于制作工艺的关系，供给几乎是无限量的，销售不出去的生茶料渥堆发酵制作熟茶一点问题都没有，所以市场上有一股推升熟茶的强大力量。

熟茶由于有加湿加温、渥堆发酵的工序，一段时间曾被曝出卫生堪忧的问题。虽然后来多方论证，认为只要以标准工艺生产，质量还是能得到保障的，但对一些没有工艺保障及质量未知的产品还是需要慎重对待。除此之外，储存过程中环境的洁净、干燥、通风、避光是对生茶与熟茶的共同要求，否则茶品容易受损或变质。

古树茶与台地茶之类

说茶叶的水深，很大程度上是在说普洱茶；而说普洱茶水深，很重要的一点就是古树茶与台地茶分不清。

这些年普洱茶风靡一时。现在市场上，茶厂、茶商、茶店，甚至包括茶客手里的普洱茶，标注的几乎都是古树茶，好像台地茶不存在似的，想想有些可笑。

那么真实情况如何呢？普洱茶是云南省特产，属于中国国家地理标志产品。据资料记载，这几年云南普洱茶每年的产量在 20 万吨以上，95% 为台地茶，古树茶产量约为 5%。《云南茶文化博物馆 2010 年中国茶叶市场消费者调查报告》的统计显示：市场上以古树茶包装销售的古树茶中，仅有 3% 为真正的古树茶。因为古树茶的资源是有限的，不可能在短时间内有增长，所以古树茶最为盛行的 2010 年的统计数据，至今依然是适用的。

台地茶都站队古树茶，混入古树茶的队伍中来，这当然是利益驱动所致。因为这些年台地茶卖不动了，市场是古树茶的天下。为什么古树茶这么牛？因为古树茶好喝。市场的逻辑就这么简单。

所谓台地茶，很好理解，就像我们江南一带丘陵、山地种的绿茶，一层层随地势像台阶一样分布，种在上面的茶就称为台地茶了。其主要的特征是集中、连片、高产，生产活动是运用修剪、施肥、喷药等现代农业管理方式进行的。台地茶是人工栽培茶，通常树龄较短，品种较新，根系较浅，人工干预多。

台地茶是新中国成立以后发展起来的，主要是为了追求高产和经济效益。台地茶是人工选育的良种，多采用无性繁殖，这样茶树品质纯、变异小，但抗性差，每年须打农药来抵御病虫害；而为了赢得高产，就要追求发芽率，茶农常用催芽素来催产，造成茶树多次发芽并迅速成长，茶树缺乏休养期，所产茶叶外表肥壮而内质单薄；由于密植，台地茶在狭小的面积内剧烈争夺养分，且无性繁殖的台地茶没有主根，只有旁生侧根，根系入土浅（原来一些群体种台地茶虽有主根，但经人工矮化控制了高度，而茶树的根系发育与树冠发育成正比，故而根系入土也浅，同样难以吸收到土壤深层的营养），因而台地茶必须以施肥来保证茶树的养分供给，当然施的多是化肥；同时，台地茶园没有高大的植物遮阴，形成阳光直射，虽利于高产，但芽叶中茶碱类、多酚类物质大量生成，这些都使得台地茶苦、涩味浓重。台地茶内质不丰，且各种内含物不够平衡，人们在品饮

中往往缺少美好的体验，甚至难以入口，茶叶品质是有
所欠缺的。

　　古树茶是 2008 年兴起的概念，因为之前炒作的那
一波普洱茶风潮在 2007 年崩盘了。

　　以台地茶唱主角的普洱茶确实不好喝，生茶又苦又
涩，即使年份长的也改变不了从娘胎里带来的毛病；即
使做成熟茶，也难掩缺陷，有的仓味浓，有的依然夹杂
着苦涩味，最好的熟茶也仅仅是淡而无味。2007 年，
普洱茶市场似乎走到了末路，这个时候，人们蓦然回
首，古树普洱茶像柳暗花明中的花，就在那里艳着。
2008 年，人们便直奔那花而去，果真峰回路转，带给
茶界一片惊奇。

　　其实古树茶产品在 20 世纪 90 年代中后期就零星现
身，但在相当长的一段时间里，人们称之为野生茶、荒
野茶、大树茶、老树茶等，因为产量有限，采摘难度
高，人们认为其没有市场前景，只在小众的圈子里玩着

喝，没有形成市场效应。此前不少村、寨为追求产量及效益，还将大茶树矮化了，向台地茶看齐，因为当时的茶厂收茶青的标准是依照老嫩程度分为 1—10 级，采自古树、大树、荒野的茶产量少，工效低，没有优势可言。

2008 年始，古树茶概念勃兴，这成为普洱茶发展的一个划时代的标志。自此以后，台地茶遭遇了秋风扫落叶般的猛烈批判，茶界、茶客均认为台地茶是农药、化肥、催芽素的养成物，连有机茶园也湮没其中。甚至这股风潮还冲击了大厂品牌茶，因为大厂品牌茶产量大，不可能使用古树茶原料进行生产。确实，在古树茶概念爆红前，谁会离弃台地茶呢？当古树茶概念如一股激流轰然奔涌而来的时候，大厂的规模正应着了"船大掉头难"的俗语——哪有这么多的古树茶供给你生产啊，而且古树茶的料，价格是台地茶料的几十倍、数百倍，光收料，从财力上说也是力不从心，只能是依品牌的惯性继续滑行，有的甚至出险招，向"金融茶"迈进，弄得茶市场不断曝出某一茶品牌崩盘的爆炸性新闻。而个体茶农、茶商、小厂反而比较容易玩转古树茶这个概念，收多少料就做多少茶呗，没有厂区、员工等规模成本压力，能赚多少是多少。在云南茶区，有相当一部分家有几棵大茶树的茶农，几年后迅速暴富。在市场经济初级阶段，暴利在哪里，造假就在哪里。自此，茶叶市场上鱼目混珠，几乎全是古树普洱茶的身影了，台地茶基本消匿，只有一些大厂、大品牌讲不圆所生产的产品全是古树料的故事，表象上只能是台地茶与古树茶产品共存。其余众多茶农、茶商及小厂家出产的产品呈现到市场上，几乎一概是古树普洱茶，真实情况只有天晓得。

古树茶有哪些诱人的魅力呢？古树茶产品来自有一定年份的乔木茶树上的嫩叶，与台地茶的灌木茶树产品有明显区别。乔木茶树高大的可达十几米，个别的甚至达二三十米高，小的也有数米高度。乔木型茶树根系入土深，有一主根，一直向云南红壤深处生长，当地茶农认为"树有多高，根就有多深"，而且整体根系发达，吸收的养分充足；加上数十年乃至上百年生长在自然生态环境中，这些茶树抗性好，无病虫害之扰；再说乔木茶树还与其他树木共生，互相遮光、避光，承受的是漫射光而非直射光，叶片内含物质均衡，茶碱、茶多酚占比不会过多，其主导的苦味、涩味恰到好处，均不凸显。所以乔木茶树不用采取施肥、喷药、修剪等人工干预措施，芽叶生长浑然天成。反过来说，即使进行人工干预，由于茶树的根系深，吸收外部施加的养分或药剂的可能性极低，无法达成预期的效果，得不偿失。

古树茶，是指采摘自古茶树的嫩叶制成的产品。古茶树是乔木茶树中出类拔萃的概念，但又没有一个统一的定论，不同的圈子各有说法。要求高的认为 300 年以上的乔木茶树，才能归到古茶树一类，可惜这类乔木茶树数量不多；又有放宽标准的说法，认为 100 年以上的乔木茶树，就可以说是古茶树了；那么又将 100 年不到，70 年以上的乔木茶树称为大树，称其制成的产品为大树茶；采摘自不到 70 年的乔木茶树的嫩叶制成的产品称为小树茶。但市场上几乎看不到大树茶、小树茶的包装标识，都将此类产品标为古树茶了。想一想也可以理解，众多的台地茶都标为古树茶了，大树、小树标为古树还算是有点良心的。我喝到的大树茶、小树茶产品，均来自交往多年的云南茶农朋友自家茶树，货真价实，但与古树名品相比，总觉口感欠缺，当然比台地茶还是强多了。

古树茶与台地茶价格差异巨大，有的甚至相差数百倍。而台地茶居然能堂而皇之地鱼目混珠，冒充古树茶，这说明一般茶客对两者的差异基本是认识不清的，这么多年过去，依然如此，所以对一些人来说，普洱茶的水的确是够深的。而有些混迹于茶界的人受利益驱使，不懂装懂或故意误导他人也就在所难免。

那么如何在充斥着巨量泥沙的普洱茶市场中，识得那 3% 的古树普洱茶"金子"呢？这的确也不是一蹴而就的事，否则市场早就玉宇澄清了。但练就火眼金睛的路径还是有的，一是先在大脑中搭建认知框架，二是在日常品饮中留心辨识。

从历史上来看，传统意义上的普洱茶是以云南的古树乔木大叶种为原料的。如此说来，古树普洱茶既是普洱茶源流的正统，又是如今普洱茶市场中一个高端的存在，与台地茶的区别自然有迹可循。我们先从鲜叶的外观分辨：古树茶的叶子较为肥壮，叶片显修长，叶面革质感明显，叶脉清晰，叶边齿状无规律，叶背毛少；台地茶则叶身比较单薄，叶片较宽、圆，叶子裙边起波浪，叶边齿状呈规律性，叶背多毛。

但问题是，来到我们手上的普洱茶是制成品，呈现的多是饼、砖、沱形状的紧压茶，有的是散料，均已无法对鲜叶进行分辨，而且紧压茶撬散后，多呈碎裂状，如何品鉴呢？不慌，那就遵循"观茶品、闻茶香、品滋味、看叶底"的四部曲，随后一切也就水到渠成，所有问题便也迎刃而解。

观茶品：古树茶比较贵重，一般工艺比较到位，饼、砖、沱压制挺规范，条索紧结、壮实、匀称、油润、干净，无杂碎；而台地茶条索相对细瘦，缺乏油亮感，显得有点干枯。

闻茶香：古树茶干茶就有一股自然的茶香味；冲泡后将水倒净沥干，拿起泡茶的器皿闻一下，一股茶香扑鼻而来；喝茶时茶汤中茶香馥郁，而且香气深沉而绵延；公道杯倒尽茶后，待杯子略冷却，闻杯香胜似沉檀龙麝，令人沉醉。而台地茶干茶则茶香不显，冲泡后茶体的香也缺少冲击力，而且香气不够高雅甚至难以入鼻，茶汤及闻杯的香也显得飘忽而易逝。

品滋味：古树茶入口劲而有味，香气浓郁而萦回持久，滋味醇厚而韵味深长，若略有苦、涩，也能回甘、生津，似有高山旷野的宏阔气象带来的舒爽体感。而台地茶一般入口苦涩，而且苦涩之味久留口舌，一时难以散去，立马让人产生不想再喝的感觉。有的茶人会说"不苦不涩不是茶"，这多是由于经营的需要只能如此辩说，台地茶茶味也比较单薄，苦味、涩味一凸显，似乎其他味也就不存在了。

看叶底：古树茶比较耐泡，冲泡完毕后，叶脉舒展度好，茎叶肥厚且有弹性，梗、叶的柔韧都显出活性来。而台地茶冲泡后不大舒展，显得萎缩，质感薄瘦且脆硬。

当然，以上只是对古树茶、台地茶认知的粗浅框架。还有许多未涉及的情形，譬如各个山头古树茶的殊异风味，普洱茶的储存年份与转化差别，头采茶与二采茶的异同，台地茶中的有机茶园与非有机茶园产品的区分等，凭区区短文难以一一说尽，得在实际品饮中细细体认。说明一点，这里的叙事是以普洱生茶为对象的。至于熟茶，因为多是台地茶产物，而且茶性趋同，其成品的口味也只在苦涩与平淡之间打转，或是仓味是否散干净的区别，其品质往往取决于发酵工艺和储存情况。虽说近期市场上出现了"古树熟普"，还有什么小堆发酵、离地发酵的发酵工艺，也想热闹一番，然终归难入老茶客的法眼。论之无益，暂且打住。

一山一味的山头茶

山头茶的叙事，是以山头乔木茶树为起点的。

云南地域广袤，群山连绵，峰峦竞秀，峡谷深峻，各个山头土质沃贫、云雾兴散、日照多寡殊异，形成独特的小气候，因而各山头自由生长的乔木茶树，其每年萌生的嫩叶，内含成分占比各有差异，从而形成各个山头独特的茶味。茶界流传的"班章为帝，易武为后"

或"班章为帝，冰岛为后"，说的就是对几个名山头古树茶产品的追捧，并"点穴式"地指出"班章的霸、冰岛的甜、易武的柔"来概括这几个名山头古树茶的风味特点，可谓是对山头茶风味点评的经典。

据资料记载，山头茶最早见于唐代樊绰的《蛮书》，其中有云："茶出银生城界诸山。"现普洱市景东彝族自治县，就是当时南诏国六节度之一的银生节度辖下的银生城旧址。银生节度的"界"，包括今天的普洱茶主产地——普洱、临沧、西双版纳和保山等地域。而清代普洱府时期，檀萃的《滇海虞衡志》首次提出"六大茶山"概念："一曰攸乐，二曰革登，三曰倚邦，四曰莽枝，五曰蛮砖，六曰曼撒……"如今，人们多将澜沧江东北部（又叫"江北"或"江内"）的攸乐、革登、倚邦、莽枝、蛮砖、易武（含曼撒）称之为古六大茶山。近些年，有人提出了与"江内六大茶山"相对应的"江外六大茶山"（又称"新六大茶山"）的概念，即布朗、勐宋、南糯、南峤、巴达、（澜沧）景

迈；还有人提出"江外九大茶山"概念，指的是南糯、
（勐海）勐宋、帕沙、贺开、布朗、巴达、（勐往）曼
糯、（景洪）勐宋（即小勐宋）、（澜沧）景迈。

历史上，古六大茶山以倚邦的"曼松贡茶"最为
有名。曼松寨位于云南省西双版纳傣族自治州勐腊县象
明乡。据传，明成化年间，地方官员到京城上贡，遍选
各大名山之茶，发现曼松茶色香味俱佳，且冲泡后"站
立不倒"，于是进贡给当时的宪宗皇帝，并寓以"大明
江山屹立不倒"之意。皇帝品尝此茶后赞不绝口，当即
确定该茶为皇家贡茶。曼松茶最大的特点是甜润，喝的
时候口里很甜，喉头也甜，像喝蜂蜜水。因为曼松茶出
类拔萃的品质，一直延续至清朝都是皇家专用的贡茶。

曼松茶质厚味美，香甜迷人，饮后神清气爽，所以
当时皇家有令：他寨茶叶概不要，年解贡茶一百担。明
代，为保证曼松茶的品质，朝廷任命倚邦人叶氏为土
司，专门负责"曼松站立贡茶"的生产加工。叶氏又
任命曼松寨头人李氏具体负责抓好落实工作。李氏经过
几年努力，将"站立贡茶"发展到令人满意的规模，

并因此得到了"贡茶王"的名号。

至清代，曼松贡茶更为辉煌。每年二月，茶叶萌芽时，曼松寨头人受命采办贡茶。贡茶分为芽茶、蕊茶、女儿茶三类。采办期间，所有商人不得入山。曼松茶园正式成为皇家贡茶园。贡茶园共有三个片区，包括曼松的王子山、背阴山，还有一小片在靠近曼腊的一个傣族寨子附近。

清代末期，由于贡茶任务太重，数量增至300担（皇室100担，其他各级官吏索要200担），物极必反，不堪重负的茶农决定离家逃难，并在出逃前将茶树砍烧一尽。如今，曾经令人瞩目的贡茶园，竟看不到一棵挺拔苍劲的古茶树，仅留存几十棵被砍伐过的古茶树树桩。这些树桩以其顽强的生命力又有茎芽抽长出数量不等的枝干，其中一棵桩的根部周长60多厘米，在其身上抽长出来的枝干却成了11棵小茶树。远远看去，这些古茶树根部长出来的小茶树都是一蓬一蓬的模样。好在当地人士看到了这片土地的价值，已精选曼松古茶树的遗种，采用稀植、生态种植的方法，栽种下了1万多亩曼松茶，让人们在时光流逝中可以略略品味贡茶的风韵，并在某一时空沉浸在历史甜度的回响中。

山头茶的光亮并不是一直延续下来的，到新中国成立，打了个旋涡，山头茶的光芒便倏然黯淡了。

说起来，台地茶用的还是从国外引进的种植模式。在18世纪，中国出口英国的商品茶叶超过了丝绸和瓷器，成为最大宗商品。而茶叶又是美国独立战争的直接导火索，可见茶叶的流通曾深刻影响全球贸易格局。19世纪，英国人将中国的茶种、种植技术及专家引入印度、斯里兰卡等地进行茶叶种植，并采用等高条植的方式密植。所谓"等高条植"，就是将茶树成行种植，并在茶叶长到一定程度后修剪成等高。这种方便采收的种植方法和机械化制茶是英国工业革命的产物。20世纪初，中国的吴觉农等人出国学习茶叶种植及加工技术，到20世纪二三十年代，他们开始在安徽、浙江等地试验等高条植的茶叶密植技术。1938年，云南南糯山种植茶树10万株，多数采用等高条植方式密植，这是云南最早的台地茶种植。

等高条植台地茶的快速发展期是 20 世纪 50 年代至 70 年代。1958 年 9 月 16 日，毛主席在安徽舒城县舒城人民公社视察时，指着周围的山峦说："以后山坡上要多多开辟茶园。"由于当时正值"大跃进"时期，因此，南方开始运动式推广台地茶种植，每亩种植茶树 800~1300 株。到了 70 年代，密植速成茶园开始出现，每亩种植茶树 3000~5000 株。随着无性系扦插繁殖技术的出现、推广，从 20 世纪 80 年代开始，新一轮密植台地茶种植主要采用无性系品种，自此以后台地茶便是漫山遍野。

从物质匮乏、需要高产，到经济发展、向往美好，普洱茶市场从台地茶回归至山头茶是历史的一个循环，也是发展的必然。

这一轮对山头茶的认知萌芽于 20 世纪 90 年代，但当时探索、涉足这一领域的只是少数人，并且对其市场价值未有感触。山头茶只存在于对茶痴迷者的高谈阔论和品味中，市场里不要说形成浪花，甚至连一丝波纹都难以看到。彼时，台地茶正是主角，在舞台中央光彩照人，慢慢地浪花涌起，"惊涛拍岸，卷起千堆雪"。

市场经济初期，人们对商品热衷于"炒"，而且是狠"炒"，不"炒"到崩塌，决不罢休。像普洱茶这样每年都有新品上市的农产品，有了个"越陈越香，越老越好喝"的概念支撑，便做得风生水起。茶农、茶商都坐地起价，一部分以为发现了商机的人们果断地囤积茶叶，最后发现每年上市的台地茶源源不断，而且无论新、老台地茶，一律苦涩浓重，难以入口。于是量变引发质变，时间来到了2007年的点位，台地茶产品的泡沫累积到了一个限度，便轰地崩盘了。身处其中的人，不少都是血本无归，有的黯然离席，有的深陷绝地。而一部分深耕茶市、不愿认输的茶商，在2008年蓦然回首，发觉山头在向他们招手。山头茶的太阳又一次从山岗冉冉升起。

有一种说法，将云南山头的古茶园分为两个"代级"。在云南数百个山头的古茶园中，第一代级古茶园主要分布在临沧、普洱、西双版纳、保山、德宏、红河、文山等州市，其他茶区有少量分布。在云南600多万亩茶园中，第一代级古茶园面积不足全省茶园总面积的2%。云南第一代级古茶园的山头茶，指树龄在120年以上，甚至数百年、上千年的古茶树。这些古茶树吸聚天地日月之灵气精华，是非常珍稀的自然资源。第二代级古茶园在全省各主要产区都有分布，面积约占全省茶园总面积的5%，多种植于清末民初，尤以清末种植的树龄在百年以上的山头茶最受人追捧，具有很高的品饮价值。

市场的重建往往发生在崩塌之后。当以数量为核心的台地茶模式被时代前行的列车抛下后，以质量为内核的山头茶便闪耀出万丈光芒。人们发现，与苦、涩、淡、薄、粗、卡混杂味为基本特征的台地茶不同，山头茶以其香、甜、劲、酽、厚、滑、柔诸味恰到好处的平衡口感捕获了茶客的心。经济向好、口味格局打开的茶客，不愿再在味觉上将就，愿意为自己美好的体验和心之向往买单，于是云南山头茶新的春天到来了。山头茶不像台地茶以老嫩度机械分级，而是以各个山头乔木茶所含的内质带给人们的味觉体验重新排位。这个排位在市场中直接以价格来明示。所以不同的山头茶在市场上的价格悬殊，有的山头茶几百元一公斤，有的几千元一公斤，而有的则是几万元一公斤（譬如老班章、冰岛等）。这种价格差异是各个山头茶的土壤、光照、云雾、气候小环境及生态不同所带来的，当然也包括树龄大小、山头海拔高度、茶树生长在南坡还是北坡等因素，甚至茶山所在纬度的高低都对山头茶的口味有影响。

在此，诸如《茶经》提到的茶"上者生烂石"等爱茶者耳熟能详的话，我们暂且不提，而从另几个视角来观照普洱茶的茶品的高低。

首先，以纬度对茶树的影响来看，纬度越低，茶树光照时间及光照强度越丰沛，茶叶内的物质积累、内含物聚集也就越充盈。普洱茶的中心地带主要分布在北纬21°30′至24°30′之间，北回归线横穿其中，具有低纬度、季风、垂直气候特征。一般而言，纬度越低则普洱茶的茶气、茶味、香气越强。普洱茶界公认的好茶多分布在北回归线以南，尤其在北纬22°30′以南。班章、景迈、贺开、巴达、南糯、帕沙、那卡、易武、攸乐、倚邦、蛮砖、革登、莽枝等都在这个区域内，而茶味茶气最重的老曼峨、班章、章朗、曼迈等则都在北纬 21°30′附近。

我们再从海拔高度对普洱茶内质的影响来观察。普洱茶不能照搬江南一带"高山云雾出好茶"的说法。江南一带茶山高度多在数百米之间，超过 1000 米的很少，所以能概括成"高山云雾出好茶"，认为山越高茶品越好。云南地处云贵高原，普洱茶产区分布在数百米至 2000 多米高度之间。海拔越高气温越低，海拔太高，普洱茶品质未必一起走高。从普洱茶品饮实践得出的结论来看，普洱茶生长的最佳海拔高度应在 1400 米~1800 米之间。老班章茶园在 1700 米左右，景迈茶园主要分布在 1500 米~1600 米，冰岛茶园约在 1670 米，困鹿山茶园海拔 1640 米，南糯山茶园海拔 1400 米，莽枝茶园

海拔 1382 米，那卡茶园海拔 1650 米。一些海拔超过
2000 米的古茶园的茶叶则呈现茶气偏弱、茶味偏淡的
特征。

更值得关注的是，山头茶之所以成为热点，一大关
键原因在于茶树的树龄与普洱茶品质之间的密切关联。
人们在长期的品饮中发现，树龄老的与树龄小的茶在茶
气、劲力、香味、甜柔感、耐泡度等方面有明显的差
异。树龄老的茶表现更优秀，品质更佳。茶界研究也证
实，树龄老的茶内含物质更丰富，释放的香味物质也更
多。这是因为茶树树龄越长，根系就越发达，其从土壤
中吸取养分的范围更深、更广，使得茶树的营养成分更
丰富，茶叶内含物质也就更多、更全面。确实也有一种
说法是只要不施农药、化肥，让茶树自然生长，小树的
生命力应该更旺盛，生长其上的茶叶味道应当更好。或
许树龄与茶叶品质的关系我们用中药材来理解更为容易
些，譬如人参、三七、何首乌都强调生长年龄与品质的
密切关系，普洱茶品质也当以此归类吧。

一山一味的山头茶

　　"横看成岭侧成峰，远近高低各不同。"云南以西双版纳、普洱、临沧、保山四大茶区为主的数百个山头，风行、云游、雨洒、日照、雾萦，又砾土不同，水草相异，气候多变，因此一山一味，气象万千。有心者尽可巡游其间，沉醉忘返，但要穷其究竟确也不易，就算是同一个山头同一棵茶树，去年、今年、明年所产的茶叶品质，岂可期其相同，即便是相近也是奢望。农产品的品质都受到自然环境的影响，在风调雨顺的年份得尝佳品，在多雨或干旱的年份却是另一番模样。所以普洱茶山头的特征和轮廓，也只能说是一个大略的路标。有人将普洱茶产区以北回归线与澜沧江交汇处为坐标，分为四个片区，并对各片区的茶叶口感做了最简明的概括，说是东南茶区柔、西南茶区涩、东北茶区苦、西北茶区刚。这种说法过于简单，茶客要想真正了解普洱茶风味的不同，只能自己一个山头一个山头去慢慢品了。若对普洱茶有兴趣，倒也是不亦乐乎。

单株、高杆、猫耳朵、黄片、螃蟹脚

　　进入普洱茶的领地，不但生茶与熟茶、新茶与老茶、台地茶与古树茶诸多角色莺歌燕舞，还会偶遇单株、高杆、猫耳朵、黄片、毛蟹脚之属，初入其境的茶客，往往弄得一头雾水。

　　一起喝茶似乎是很淡泊的一件事，然有些行话人家张口即来，口吐莲花，你听着如闻天书，心里便有些发虚。所以对一些在品茶中会聊到的角色做些了解，确是能给人以底气的。

　　所谓"单株"，望文生义，就是一棵树。单株普洱茶，就是从一棵乔木茶树上采摘下来的叶片制成的普洱茶。严格来说，单株普洱茶是指单株古树普洱茶，这类茶树是有一定年份要求的，并不是任何一株茶树单独采摘、制作的茶都可称单株。有一种说法认为，单株的树龄至少要在 500 年，而一般来说，800 年以上的树龄才被广泛认可。因为茶树树龄越老，根系越发达，茶叶的内含物质越丰富，以此为原料制成的茶叶会呈现香味馥郁、劲而平和、耐泡度高等品质优卓的特征。单株对采制也有特殊要求：只采头春茶，只采柔嫩的鲜叶，而且制作要由技艺高超的制茶师严格按照"单独采摘，单独制作"的标准完成。因为单株产量少，对工艺要求极高，加工过程略有不当，易造成较大经济损失，所以单株制成后多以散茶的形式面市，这样一方面减少了后续精加工可能带来的口感易变的风险，另一方面又满足了老茶客追求单株"原味"的口感偏好。单株珍贵，一在于稀有，二在于味美，三在于纯粹。

其实，茶客对单株的追逐也是一路演进的。从各种茶芽、鲜叶混采，按嫩度评级，调制成不同茶品；到台地茶、古树茶分野，拉开距离；再到不同茶区各显神通，各呈特色，一较高下；又到以山头为王，拉开档次；又进到各名寨、茶地，彰显特质。市场洪流滚滚向前，与此同时，出现了对名山、名寨的纯料追逐。纯料是对来自同一地域散茶的称呼，应该说能喝到名山、名寨的纯料茶已是很大的造化了；最后茶的原料来到了一个极致，单株就像珠穆朗玛峰一样矗立在了茶客的面前。

这里要说明的是，并不是所有树龄合格的茶树都会以单株的方法采摘。只有口味好的古茶树，有市场需求时，才会以单株的形式面市。因为有的古茶树的鲜叶内含成分有所侧重，茶味有偏向，还是适度拼配才能获得更好的口感。实事求是地说，单株对一个山头古树茶品性的体验来说，其纯粹性是有标杆意义的，其稀有性也是极为珍贵的。但体味纯粹后，人们不应囿于此，高端茶料与高端茶料之间的互补性拼配，其滋味往往另有一番天地，给人以意外的惊喜。

一个结论由此产生：单株茶与拼配茶，没有高低之分。单株，呈现单一的纯粹的口味，珍稀难得。拼配茶则是形式众多，包括春秋茶拼配，台地茶与古树茶拼配，不同茶区的茶拼配，古树茶不同山头茶拼配，不同年份茶料拼配，南坡北坡茶料拼配等。此外，还有多种料一起拼配，比例不同的拼配，以及以上拼配错杂开来以新的组合进行的拼配，所以拼配茶数不胜数。高端茶料经过科学拼配，往往会有极品出现，但这个极品的配方，又不是像可口可乐那样可控的，因为每年的气候条件是不同的，同一地域、同一山头、甚至同一棵树，它出产的茶叶每年都是有差异的。"人不能两次踏进同一条河流"的哲学命题，在茶产品上同样得到了印证。2019年，由峰享公司出品的一款"天地润我"生普轰动了茶界，其浓郁的兰蜜混合香，饱满而丰富的层次感，劲而醇厚、鲜爽甜润的口感，获得了新老茶客的一致赞誉。五年品饮下来，其味一直昂首天外，各色有名望的茶品均难以望其项背。我的好友既是一名企业家，又是一名资深茶客，出差时也日念此茶，回来必先到办公室喝上几壶才过瘾。他说，喝过此茶，他茶已难以入口了。此款茶正是由三座名山古树茶料拼配而成的拼配茶，显得特别珍贵，可谓可遇而不可求。

"高杆"，顾名思义，是指高高的树木主干。那么高杆普洱茶，就是长在高高树杆茶树上采摘下来的鲜叶制成的普洱茶。其实，这也是市场经济对商品层次细分创造出来的一个新概念。在 2008 年古树茶市场爆热后，为不断推动市场热点，2014 年，高杆继单株之后也渐次亮相。这种高杆树，我们去过山林里的人就理解是怎么一回事。树林茂密，各种杂树为获得阳光照射，以在物竞天择的环境中生存下去，会使出浑身解数往上疯长，于是众树呈现出树干不是很粗，个头却很高的苗条细长状。

云南属于热带、亚热带气候，植物生长茂盛，在无人类干预的条件下，森林植物多向上争光生长。

云南的茶树分为野生型、过渡型、人工栽培型。野生型茶树是指没有经过人工干预的自然生长进化留存下来的茶树，数量较少，在数百年、上千年的古茶树中有不少野生型茶树。过渡型茶树是指由野生型茶树自然进化而来，在漫长的进化过程中，形成了一些既有野生特征又有栽培型特征的茶树类型。栽培型茶树则是人们通过对野生茶树进行选择、栽培、驯化，培育出来的茶树新类型，云南的古茶树绝大多数都是先民留下来的栽培型品种。这里要说明的是，我们在市场上交易的云南古树茶均是栽培型茶树的产品。野生型茶树的叶子对人体有较强的刺激，口感也不好，酸、涩、苦占主导，收敛性强，个别品种有微毒，饮后会引发腹泻、腹痛等不良反应，所以除研究外一般不作饮用。

云南的种茶历史虽说最早能追溯到商朝时期，但如今保留下来的大面积的古茶园多种植于明清时期，还有少量种植于唐代以前。

高杆茶树是人类由于迁居等原因，远离了原先栽培的茶树，茶树由此处于同其他植物混生的状态，在热带条件下，植物生机旺盛，茶树也就进入增高迎接光照的竞赛行列，于是越长越高，成了人们眼中的高杆茶树。

我们这里说的高杆茶树，是指古树基础上的高杆，而且对高度有一定标准要求。一种说法是树的高度要在12米以上，而且树干离地7米内就是一根主干，没有分枝。即使不是那么严格来说，也至少要满足两点才能称为高杆，一是古树，二是离地相当高度内无分枝。

据说，古茶树春来发芽长叶，营养物质是先输送到茶树的最高端的，所以高杆古树茶虽树冠不是很大，产量不是很高，其芽叶的内蕴物却是相当丰富的。据此，大家认为高杆茶与单株茶一样同属珍品。

高杆茶树是万木争高竞秀造就的，所以其生长环境树木葱茏、生态一流，这是毫无疑问的。高杆茶的珍贵主要是指三个方面，一是古树，二是生态好，三是稀有。至于其茶品好坏，以古树茶去衡量即可。而不同山头的古树茶特性或许会大不相同，高杆茶也是一样。古树茶的共性是内含物质丰富、平衡性好、耐泡，但各山头的特性不能一概而论。高杆茶由于芽叶聚在树冠部分，其内含物质往往比一般古树茶更为丰富，可细细体味。

"猫耳朵"是普洱茶小叶种的一种变异品种，因其叶形与椭圆长尖状的叶子相比为小小的圆形，像呆萌的猫的耳朵，所以业内人士以此称之。普洱茶多为大叶种，但也有少量的中、小叶种存在。著名的猫耳朵产地为古六山的倚邦，所以人们一说到猫耳朵就称之为倚邦猫耳朵，甚至认为其他产地的猫耳朵都是冒牌货。其实猫耳朵作为小叶种的一种变异品种，其他茶产区也会偶有少量出产。以往在市场上是没有猫耳朵这种叫法的，这些年普洱茶热，追求新、特、异、精茶品的茶客多了起来，出现市场细分，也就有了单株、高杆、猫耳朵之类。

猫耳朵属于变异品种，十分稀有，而且叶小，采摘颇为不易，或许几个人忙碌一整天就采了五六公斤鲜叶，做成干茶也就一公斤出点儿头。由于芽叶较小，制作杀青时要特别小心，稍不留意就易过火，过火的茶叶冲泡后就会汤色浑浊。

倚邦有不少小叶种，像高端的贡茶曼松也是其中之一，但称得上猫耳朵的却很少，有的古树茶园连一棵这样的茶树也找不到。猫耳朵量少价高，属于珍稀茶品。我云南的朋友承包的古树茶园里有几棵产猫耳朵的茶树，2020 年，他寄给我三棵茶树的猫耳朵样品，我品尝后说，今年的猫耳朵全寄给我吧。他留下已答应给朋友的少量的猫耳朵，其余的便给我发了过来，但数量也只有 3950 克，我说凑个整数，再加 50 克，他说就这点儿货，50 克也拿不出来了。

这批猫耳朵外形小而圆，汤水金光澄澈，入口绵柔、丝滑、鲜爽、甜润、饱满，呈明显的兰花香，但耐泡度一般。耐泡度不高是所有小叶种的弱点，但高端享受，可以以换茶来持续，这属于可以弥补的弱点，那这一弱点也就不足挂怀了。

猫耳朵一般是用来与懂茶的朋友分享的。一日，我接到香港朋友的电话。他说，今天在深圳一位大佬家喝高端普洱，那位大佬藏有许多珍品普洱茶，但他还是觉得我上次泡给他们喝的普洱好喝。他问道："你上次说这是叫猫什么茶？我一下子说不上来了，问一下具体叫什么茶。"我问："你指的是上次喝的猫耳朵吗?"他说："是的、是的，这味道存在我心中，至今未忘。我不是很懂茶，那次喝了猫耳朵，便对茶有了一种美好的向往。"

过了数年，原来的猫耳朵已分享得所剩无几，2023年春，我想再购入些，我云南的朋友说，今年气候不好，发芽受挫，几棵树的鲜叶就炒制了 400 克猫耳朵。我说那么少，那也行，全寄给我吧。我朋友早年是云南农大茶学系毕业的，虽经营茶叶 20 多年，还是书生气十足，说这点货就不卖了，与朋友分享解馋了，我也给你寄几泡尝尝，量虽少但滋味不输往年的。我也无可奈何，只有在微信上抱拳作谢了。猫耳朵的珍稀由此可见一斑。

说实在的，猫耳朵是难以作为商品进行常规化操作的，因为产量太少，规模做不大，基本上都落到普洱茶发烧友及玩家圈子里品玩了。如果市场上有成批量的猫耳朵产品出现，那是值得怀疑的。猫耳朵也是买来几年内喝掉价值最高，因为作为小叶种，其内含物质与大叶种相比也略为逊色，长期储存，对后期转化不能抱有过高的期待。

珍贵的普洱茶都是以生茶形式走向市场的。单株、高杆、猫耳朵莫不如此。这是因为好料做熟普，经过渥堆发酵，料的优异性就泯灭了，熟普的做法会将所有料拉平不显。所以在普洱茶行业中一直有"好料不做熟"的传统。

再来说说普洱茶的"黄片"是怎么回事。黄片，又称老黄片，黄片之前冠以老字，特性基本就出来了。它实际上是采摘普洱茶鲜叶时筛选出的相对较老的叶片，业内有的称之为第四叶。普洱茶采摘一般以一芽二叶为主，也有一芽三叶的，第四叶就比较老了。由于较老的叶片在初制杀青后，揉捻的过程中难以成条索状，为不影响茶品的整体观感，就会将它们挑拣出来，独立分类出售。老叶的含水量相对较少，经过杀青、揉捻，色泽看起来发黄，所以称之为黄片或老黄片。有的营销高手则称之为黄金叶，似乎高大上了许多。黄片属于低端普洱茶，只有名山头的古树黄片才有些饮用价值，价格是名山头古树普洱茶的十分之一，甚至几十分之一，性价比不错。黄片外观粗疏，较为老熟，茶多糖含量高，滋味甘醇，少苦涩，但也缺乏鲜爽度，有些茶友会将它存上几年，用来煮着喝。

螃蟹脚其实不属普洱茶行列，但喝普洱茶的茶客偶尔会与之相逢。螃蟹脚的学名叫扁枝槲寄生，是云南普洱茶古树上多年生的寄生植物，因其形状一节一节的，像螃蟹的细脚而得名。实际上螃蟹脚是一种有清热作用的中药材，因其寄生在百年以上的古茶树，其生长需不断汲取古茶树的养分，也算是与普洱茶有缘。茶农发现它有经济价值，也会从树上将它采下来晒干或烘干出售，供人们泡茶或煲汤饮用。但此物性寒，一般不宜多饮，特别是脾胃虚寒者及孕妇更要避而远之。有人说此物也属稀有品种，但似乎价也不高，我品饮数次，口感有青藻味，并无上佳印象。

越陈越香吗？谈谈普洱茶的年份

普洱茶的"年份"有两个概念：一是指某款普洱茶产品出产当年的天气状况，这对普洱茶产品优劣所产生的影响，就像法国著名的葡萄酒产区所产的葡萄酒有年份概念一样。若气候的冷热、晴雨、云雾等气象条件符合茶树生长、萌芽、抽叶、采摘的最佳条件，并且在其他如运输、制作、包装、仓储等环节都能得以保持优质的情况下，那么该年的茶叶品质必定优良，反之则千差万别了。第二种情况是指普洱茶储存年数的长短。茶圈里所说的普洱茶年份，就专指第二种情况，此文就聊聊普洱茶新茶、老茶的那些事。还有一点要明确的是，年份茶一般只针对生普而言，熟普经过人工渥堆发酵，本质上是为了仿制陈年生普而面市的产品，其年份对它只有散却堆味、仓味及计数的意义，后发酵功能可以忽略不计，所以这里暂且不论。

普洱茶作为后发酵茶，随着时间的推移，内含物质会发生转变。品质优良的普洱茶滋味会变得醇厚，这是事实，但现在茶界流行的"越陈越香"的说法却显得可笑。

这么多年茶喝下来，我及圈内朋友的共同感受是：台地茶的苦涩味重，老树茶各种成分内质的协调性好，滋味就可口。因此我们得出的结论是：好喝的古树茶，不管年份长短，其味始终给人以惊喜；不好喝的台地茶，不管年份多久，苦涩味依然难以入口。

越陈越香吗？谈谈普洱茶的年份

曾有一次，我入朋友的茶店喝茶，朋友热情而客气，说陈老师来了，今天我们就撬一泡 20 世纪 90 年代的生普喝。这茶将近 30 年了，我一喝苦涩不化，难以接受，勉强喝了几泡，见现场没有其他客人，便将茶感直言相告。朋友笑着说，陈老师，不苦不涩不是茶啊。我也不反驳，只说我的味觉让好茶养坏了，他也顺从地换上山头古树茶来泡。实际上，喝年份茶喝得皱眉的，不在少数。这就可以说明，原料不好，再长的年份都是无效期待，石头不会因时间的推移成为金子的，"越陈越香"只是营销的神话。

而好喝的茶，当年就是好喝的。说一例，2019 年春，云南气象奇佳，山头茶芽萌发劲而苗壮，我便决断定制一款山头古树茶，请良工施艺，物流送达就与朋友一起试喝，一喝而倾心。这款茶从第一年开始与朋友们分享，至今 5 年了，不论是平时喜欢喝茶的朋友还是平时不大喝茶的朋友，个个都说是喝茶喝到"天花板"了，没有一个说不适口的。针对这一现象，有朋友说，不是说普洱茶越老越好吗，怎么新的也这么好喝啊。你看这误导有多深啊。所以听人说，不如自己体验。我认为，好喝的茶，当年的新茶就好喝，工艺正常的话，随着时间的推移也将继续给你带来惊喜。就我自己的体验而言，优质的古树茶，当年的新茶口感劲道而饱满，且富含兰香、蜜香及令人舒爽的馥郁香气。这个劲道和香气会随着时间的延伸慢慢从高扬、丰富、具有冲击力，向内敛、圆润、醇厚转化。因此，普洱茶并非越陈越香，而是香型的渐次转化。我可以肯定地说，陈茶是香不过新茶的。新茶释放的是花香、蜜香、馥郁香，而年份更久的陈茶呈现的是木质香、醇香、陈叶香。有些老茶有樟香、荷香、枣香、参香，有人认为这是湿仓所致，慎重点儿的人已经不敢喝了，怕对身体有害。但笃信"老茶就是好茶"的人还是趋之若鹜。其实就常识来说，老的不能与好的画等号，老茶保存几十年了，甚至更久，其价值在于稀有、难得，并不是说好喝，这不要搞混了。普洱茶存放时间过长，其内含物质会逐渐氧化和分解，导致失去应有的风味，所以有研究认为普洱茶最佳陈化时间为 16 年左右，此时茶叶的风味达到巅峰，其后内含物质综合评分会慢慢下行。但只要保存得当（要点是干燥、避光、避异味、独立存放、适度通风），普洱茶是可以长期存放的，若时间过久，譬如上百年，茶味会自然散失，酡红的汤色只泛着醇厚的时光滋味。

说起普洱年份茶，我们不得不提一提号级茶与印级茶。

在普洱茶几千年的历史中，久远的产品都已落入历史的尘埃里，属于黄鹤已去，现在市场上可以听闻或身影隐约的最久的老茶集群是号级茶，其次是印级茶。

号级茶始自清代，在民国时期还很兴盛，一直到1956 年之前，私人茶庄均以"号"来命名，如宋聘号、同庆号、同兴号、同昌号、福元昌号、车顺号等。由于各茶庄出产的茶叶都打着茶庄的名号，我们现在将这个时代出产的茶产品称为"号级茶"。

号级茶用料多来自古六大茶山，易武及周边地区的茶最受青睐。号级茶以圆茶为主，石磨压制成裸饼，一饼 350 克，七饼一提，无说明书，无包装棉纸，外用箬壳包装，包装顶面有制茶商号标志，无内票（纸片说明书），只有内飞（压进茶面，识别茶身份的小纸片），上面有宣传文字和商号负责人姓名。需要特别指出的是，号级茶已基本绝迹，市场和茶店 99.99% 已见不到真货了，人们看到的一饼号级茶，其实只是一张号级茶的印刷纸，那一张纸仅仅是造假逐利的道具而已。

有两次，不同的朋友邀我品鉴宋聘号普洱茶，拿出来的均只有半饼，以示孤品难得。虽然自己对真品也不熟悉，但每次一喝这味道就不敢多下咽了，勉强沾沾唇，抽个机会告辞。这茶明显是做旧的假冒货，因有其他茶友在，就不可提醒、探讨，不可败人家的兴，只有溜之大吉。

从 20 世纪 50 年代中期至 70 年代，普洱茶生产从私人作坊进入公私合营或国营时期。当时国营茶厂出品的普洱茶饼包装纸上，都印着"中茶牌圆茶"和"中国茶业公司云南省公司"繁体中文字样，因而现今人们把这些产品称为"印级茶"。

越陈越香吗？谈谈普洱茶的年份

　　印级茶是"中茶牌"商标正式注册后，普洱茶进入计划经济国营茶厂生产的时代产物。这个商标的图案是：一圈 8 个"中"字围绕着中间的一个"茶"字，业内称为"八中茶"。"八中茶"由于生产时间不同，字体的颜色也不同，又有红印、绿印、蓝印、黄印之分。红印生产时期，约在 20 世纪 50 年代至 60 年代之间，被称为现代普洱贡茶。它有多个版本，用不同的字体印刷，有普通饼，也有铁饼。据资料记载，红印在 2009 年已卖到 8 万元一饼，2010 年市场价已升至 10 多万元一饼。绿印是红印的兄弟产品，有早期和后期之分。早期绿印也叫"绿印甲乙圆茶"或称"蓝印甲乙圆茶"，因为当时生产这批茶的时候，想有个甲乙级差区分，后来收到的茶青相当好，就不做区分了，但包装纸已印制好，就临时用蓝墨水去涂盖，所以这款茶才会有这样一种叫法，后期绿印有一部分是用新树茶青制造，绿印均有极好的口感和极高的典藏价值。蓝印分为甲级和乙级，味道有轻微差异，售价为红印的一半。黄印被称为"现代拼配茶青的普洱茶品始祖"，茶品毫头多，陈化后多转变为金黄色，其外包纸"八中茶"标记的"茶"字以黄色印刷，而内标为绿色"茶"字。这里要提醒大家，现在市场或茶店内多有各色印级茶出现，毫无疑问多为假冒。由于稀缺，印级茶只会在拍卖市场现身，不可能在流通领域泛滥。

　　茶爱好者为了对年份茶有一个纵向的记忆，可以做如此排列：号级茶、印级茶、饼级茶、山头茶。但要说明的是，这里说的饼级茶，是指印级茶以后用台地茶为原料制作的七子饼茶，它沿用了历史传统七饼圆茶为一筒的包装模式。1972 年，"中茶牌圆茶"停用，"云南七子饼茶"亮相，开始进入饼级茶时期。饼级茶的饼面文字，上为"云南七子饼茶"，下注英文；中间是八中茶商标；下面文字为"中国土产畜产进出口公司云南省茶叶分公司"，下面也注有英文。其实，七子饼历史十分悠久，可追溯至周武王时期。清雍正年间，云贵总督在滇设茶叶局，挑选技艺精湛的制茶师将茶制成圆饼，7 饼一筐包装，谓之七子饼茶，并进贡朝廷。七子饼茶

有统一的规格，每饼茶直径 20 厘米，茶饼中心厚度 2.5
厘米，边缘厚度 1 厘米，净重 357 克，一筐约为 2.5 千
克。以台地茶为主要原料的七子饼茶之后，便是以乔木
茶为主体的山头茶重新崛起，这以 2008 年为明显界点。
2007 年普洱茶市场的崩盘，其实是人们对台地茶泛滥
的一种否定。从 2008 年起，山头茶、古树茶的亮光一
直照耀至今，我觉得这光亮会始终延续，但得拨开假冒
伪劣的厚厚云雾。当然，我们这里讲的是一条饼茶的主
线，沱茶、砖茶在一定的时间里出现，且与饼茶是并行
不悖的。

如今市场上有一部分茶商大力推介中期茶。中期茶
没有一个统一的标准时间段概念，一般认为，在自然仓
储条件下，陈化了 10 至 20 年的普洱茶，就属于中期
茶。但也有人认为陈化 5 至 10 年就是中期茶，有人则
认为陈化 10 至 30 年为中期茶范围。推销中期茶的茶商
说，老茶不靠谱，多霉变，多造假；又有人说，号级
茶、印级茶均是乔木茶，中期茶多是台地茶，不好喝。

看起来双方揭露的都是真相，实则推崇的都为利益。说实在的，有些有一定年份的茶，仓储条件不好的话，的确后患无穷，一般消费者还辨别不清。这里说一例以作警示：某茶城地势低洼，每遇台风就如临大敌，怕水淹产品。某年台风特大，地面水势高涨，众商户多有产品浸水。有一户店家与我相熟，那天在其店里喝一泡名山生普，隐隐有丝霉味，我说："你这茶没存好。"他坦承道："这茶已是最后几片，台风来时受潮过，去年味还重，现在霉味已散尽，其他人都无感了，你还能分辨，实在是高人啊。"也不能说他故意让茶客喝劣质茶，他认为茶已复原了，因为他自己也喝。其实这种茶是应该废弃不喝的，进入体内的茶汤，还是小心为上。据说，有的黑心茶商为造假茶叶的陈化年份，先让其受潮霉变，然后再通风散味，碰到这样的产品，无法分辨的话，自是十分危险。

就我自己的想法，入门不久的爱茶者，喝茶最好是自己选当年的好茶，边喝边存，融喝茶、存茶、体验茶为一体，这样是最放心的做法。

普洱茶的品鉴

任何事物一热便乱象丛生，普洱茶也莫能外乎此。
各色人等从各自的利益出发，将普洱茶说得天花乱坠，
生茶、熟茶各唱各戏，新茶、中期茶、老茶也各自吹得
神奇。茶客众多，各茶也因之各有受众。但问题是，普
洱茶界一些似是而非、莫衷一是的说法，不但使新入门
者如看着丈二金刚雄伟壮观，伸出手去却摸不着头脑，

甚至一些所谓的老茶客也似被人洗了脑，以非为是，殊
为可叹。对于谬误入心者，一般不可与其争论，只有让
他自我觉悟才行，否则茶也喝不愉快，所谓"道不同不
相为谋"，何况你也没有这么多的时间，去纠正别人不
认为是谬误的谬误。

　　其实，我们对于茶商、茶农、茶人及所谓专家、学
者的一些奇谈怪论，以经济利益这条路径去追踪溯源，
内心的疑团便会豁然开朗。譬如说熟茶如何对身体有
益，正是一些茶商热衷的说法，因为熟茶原料要求低，
几乎可无限量生产；而且熟茶经渥堆发酵是最无茶性的
茶，以往不喝茶的人也能接受，这销量就大涨了。又譬
如，宣扬中、老期茶才是好茶的人也值得怀疑。因为好
茶不分新、中、老。好茶新的时候也好喝，不好的茶，
放多久都不会好喝的，就像生铁，多久也不会变成金
子。有些茶商力推中、老期茶，有两个原因：一是真正
的老茶稀少，物稀则贵好像逻辑成立，易取暴利；二是
浑水易摸鱼，用轻发酵致茶色泽改变来冒充年份，有的

干脆将熟茶再做旧说成年代久远的老生普，可以说是造假泛滥。其实普洱茶品鉴说复杂就复杂，说简单就简单，只要回归常识，一切云开雾散。

茶叶的品鉴要走色、香、味、形的大道，曲径通幽、禅房花木往往就入了坑。这样一说，故作高深的茶混混就不开心了，水清无鱼，不将水弄浑这鱼还怎么摸？市场经济初级阶段，能将简单事情复杂化的都是营商高手，而将复杂事物简而化之，呈现其本来面目的都是有良知之人。

普洱茶既有生茶与熟茶之分，那么品鉴也要分而述之。

我们说普洱茶是茶的大洋，是茶的极地，是茶的天花板，是茶的珠穆朗玛峰，这都是以千山千韵、各山各味、年年相异的生茶来说的。熟茶只是仿制普洱老生茶的一个不怎么成功的千篇一律的存在，不可享此誉词。

一般来说，生普年份新的以盖碗来泡为佳，年份老的用紫砂壶来泡为佳。这种区分，主要是以新老茶叶对温度的需求来衡量的，盖碗散热快，紫砂壶保温好，而老生普更渴望以高温来激荡，如此而已。当然，每种器皿泡新老普洱均可，只是要掌握泡茶时盖子的启合时机。新生普在每泡茶出汤后盖子要掀开，最好别闷着，它还嫩着呢，想透口气的；而老生普出汤后，盖子掀开或合拢均可，区别不大，因为它已有些陈化了，对此不敏感；熟茶更无所谓了，发酵都经历了，闷一下简直是小儿科了。但所有的普洱茶，或可以说所有的茶，出汤必须沥干，留有余汤的话，一是茶的内含物会继续释出，二是后续冲泡的水温达不到要求，会严重影响茶味、茶韵及口感。所以我们对工夫茶的一招"凤凰三点头"可以这样来理解，它不仅是一种茶艺的表现形式，而且是出汤后将茶沥干的巧妙手法。

新、老生普在泡茶的程序上是一致的。首先是依据客人的多少选择器皿的大小，接着是温壶或碗，若是四五个人品饮，取七克至九克茶投入即可，只有二三位客人可取小点的器皿，在五人以上可用大点的器皿，投茶量的大小也因此而作相应的变化。现在茶席主理人或茶艺师，常用电子秤去称茶的投入量，不说是可笑，至少显得太过生硬，因为这只是刚入门人用的手法，经常做这事的人还如此呆板、如此没信心吗?! 其实投茶的多少，还可以用出汤时间的快慢来协调，若觉投茶量不够，出汤就慢几秒，投茶量多了，出汤时间就快几秒，熟练者几乎可做到天衣无缝。泡茶这么简单的事，手到擒来，就像平时说话，根本没有思考的痕迹。若对此说法想不明白，那么就去读一读庄子的《庖丁解牛》。庖丁解牛时，一头牛都在跳舞一样的动作中解决了，可见他已经达到"游刃有余"的境界。同理，经常泡茶的人理应达到"人茶合一"的境界，这也不算是过高的要求吧。

现在该聊聊普洱茶的色、香、味、形了。

普洱茶一般是以饼茶、砖茶、沱茶、散茶四种形态存在的。不管是饼、砖、沱、散，新制的普洱生茶干茶正常的颜色以深绿色、墨绿色为主，若黄色、黑色偏多，茶就不那么高纯了，黄色往往是老叶，黑色多是雨水茶。普洱茶与其他茶类同，以春茶为贵，秋茶次之，夏茶（采摘在雨季，亦称雨水茶）为最次。普洱茶随着年份的增长，因氧化及后发酵（散茶是普洱茶的初制产品，只有氧化而无后发酵）作用，颜色会渐次加深，以至褐色，至褐棕色，至棕黑色，至黑色。普洱生茶的汤色也会随着年份增加从黄绿向纯黄、金黄、橙黄、橙红、酒红色进阶。不管什么年份，好茶的汤色一定是清澈透亮的，茶汤在玻璃公道杯中，举杯迎光一照，人的心境也会随之澄明爽朗。茶汤混浊，往往是茶的原料、工艺或保存未达标所致。

好的普洱茶，干茶闻之即有舒心的香，泡后的茶香、汤香及杯香往往令人心旷神怡。各个山头新上的古树生普会呈现出浓郁的兰香、果香、花蜜香、混合香等诸多香型。一次，我在品饮几款新上的生普后在手机里写道："古树普洱茶汤的杯香，远超香奈儿5号，要研究一下如何将这香味收纳聚合，做一款中国品牌的世界顶级香水。我开始做起了研究、研发的梦！"我将文字发到朋友圈后，引起了茶友的共鸣。我想，或许文字会遇上有香味情怀的科技精英，点燃神奇的中国香水的这一把火，也是有可能的。随着存放年份的增长，普洱茶馥郁的浓香会慢慢圆融，保存优良的干仓茶，其香气会向复合香、木质香、陈香转化。有的人说，更老的生普会有荷香、樟香、枣香、参香等味，如今越来越多的人认为这是湿仓导致的。现在人都重养生，这类产品大多不敢喝了。鉴别普洱茶是否存放坏了，首先可以闻干茶是否有霉味或杂味，但有的不良茶商已做散味处理，干茶闻之异味不明显。那接着就闻第一次冲泡开盖后的气味，这茶味由内而外散发，在热汤的激荡下冲鼻而来，逃无可逃，若闻之有霉味、馊味、酸味及其他异杂味，一律为坏茶废茶，决不可饮，否则有害身体。这一点无论新茶、老茶、生茶、熟茶都是如此，概莫能外，切记！切记！

很多人初尝生普时，会觉得又苦又涩。这个味感是真实的。而且茶商会告诉你，不苦不涩不是茶，希望你能接受这一观点。因为大街小巷的茶店及茶城的店铺放着的普洱茶多是台地茶，就是这个味。当茶客接受茶必苦涩的观点后，茶店的生意就会好做些。想想这一说法也有点道理，因为茶叶的两大成分茶多酚主涩，而茶碱主苦，那内含物丰富的大叶种普洱茶还会不苦涩吗？其实这是似是而非、以偏概全。茶的主要成分是有呈现苦涩味的生物碱及多酚类物质，但呈现鲜爽味的氨基酸及甘甜味的多糖类物质也是其主要成分，还有维生素、矿物质、挥发油等，这些物质均起到一些平衡的作用，如挥发油就赋予了茶叶独特的香气和风味。假如茶叶的味只体现苦涩，我们在日常生活中便不会喜欢喝它，那这生意也就不存在了。茶叶的魅力在于它有味，而这味是一种神奇的平衡，是令人难忘的念想。那么好的普洱茶的常识性标准也出来了，就是在口感上，各种滋味是一种恰到好处的融和，是一种令人愉悦的存在。而古树普洱茶在这个常识性标准里就脱颖而出，将苦涩浓重的台地茶远远甩到后面去了。当然，各个山头的古树茶又各具风味，班章的霸、冰岛的甜、易武的柔就是山头风味一种灯塔般的闪耀。普洱好茶的特质，还体现在对一种不好口感的瞬间转换，最为典型的体验说法是"苦能回甘，涩而生津"。苦涩不化、难化，就非好茶；苦涩能化，转化得越迅速，便越能被人接受、称颂。就我个人的体验而言，上佳的新生普口感为香浓、味劲、平衡、饱满、鲜爽，上佳的老生普口感则呈现香和、味醇、圆融、酽厚、甘润。不够格的生普，一入口即会有苦、涩、麻、卡、锁等各种不良口感出现。一般来说，对好生普的表述多呈现为香、劲、霸、猛、甘、甜、鲜、爽、纯、酽、浓、厚、润、顺、滑、细、柔、平衡、圆融、丰富、饱满、回甘、生津、耐泡、回味悠长、余香久萦等等，而不良茶品多被形容为苦、涩、麻、卡、锁、淡、薄、有杂味、不耐泡等等。其实我认为耐泡或不耐泡要辩证地看，不能成为判别茶品优劣的标准，有的茶不耐泡，譬如小叶种的猫耳朵，但照样作为好茶受人追捧，有的茶耐泡但苦涩味浓，也不能说是优质的茶。

普洱茶的味道除讲究口感外，还关注喉韵，一些香、甘、酽、鲜、爽、顺、柔、滑等感受在喉头的体验，也为一些茶人所津津乐道。譬如某款茶的香气很好，我们喝了不但齿颊生香，而且感到喉咙里也有香气在萦绕，我们呼出来的气息都有茶香。

喉韵再深入一步，就涉及体感的概念。在普洱茶品饮的氛围里，常会有茶友说，"这确实是好茶啊，我喝了两杯汗都出来了"，认为这茶有良好的通气、排毒功效，这就是所谓喝茶的体感。对于体感，以出汗来区分，我觉得有点可笑，因为热茶喝下去，出汗不出汗是由各人的体质状况决定的。喝同样的热茶，一桌之内有的人出汗，有的人不出汗，你说这茶是好还是不好？实际上，是出汗的人往往体质较虚而已。就像同走一段路，经常走路的人就不会出汗，跑马拉松的人更是没啥体感，常坐办公室的人就有汗涔涔的感觉，身体较虚弱的人就大汗淋漓了。对于喝茶的体感，我们可以这样来理解：喝了某款茶，人很舒爽，觉得浑身都通透了，这就是好的体感。有的茶喝得肚子晃咚晃咚的，滞住了，还是觉得不解渴、不通透，这要从两方面去分析，或许是茶的原因，或许是身体的原因。茶不能解万难，这个时候不要老是坐在茶桌旁喝茶了，不妨去散散步。

体感再升一格，就讲到了茶的意蕴。譬如喝了某款茶，它的香甜鲜爽，使我们感受到了那里葱郁的山、潺潺的水，或绽放的花、飞翔的鸟，或游动的云、微拂的风，甚至崇山峻岭、辽阔草原、无际大洋，抑或童年快乐的时光、亲情的甜蜜、爱的喜悦都会涌上心头，给人以无限的愉悦。这呈现的就是茶的意韵，体现了从物感向意感的升华，茶痴往往沉醉于此。我曾经写过一首《早春茶聚》，现录于此，以作观照：

天、树、道路

光与飞鸟浮动其间

说喝茶喝茶

一些山的名字就在桌上震响

叶子舒展的是大山的经脉

大山在百里千里之外

于是有了近景远景

连五洲的风雷也激荡起来

一桌之上可以无比宏大

心把宇宙罩在其中

　　上面谈的是普洱生茶的色、香、味，接着我们来看普洱茶的形。这形，散茶容易观察，茶条匀、整、壮、紧，色泽纯正，即为佳品，反之则品质欠佳。而对一些已压成饼、砖、沱的茶而言，对干茶做全方位的观察就颇为不易。要判断一饼茶的茶料来源，如是否是一个山头古树的纯料，或是各个山头的古树拼配，还是古树与台地茶的拼配，抑或不同年份料的拼配，甚至是春茶与夏茶、秋茶的拼配等，只有等到一泡茶泡完，将茶倾覆在一个器皿里来拨开观察，我们称之为"看叶底"。纯料往往叶底的条形、色泽一致，拼配料可看出会有差异；古树料往往茎、叶肥厚、壮硕；春茶茎有弹性，搓捻叶面柔韧性好，不会碎裂；夏、秋茶叶面单薄，相对脆、硬，揉捻易破碎。这些我们观看叶底时可细细察看，以助做出判断。

　　对于商品奇缺时代为仿制老生普而面世的熟普，就没有那么多可说的了。熟茶的色泽，干茶由新至陈会从棕红色向红褐色、黑褐色、黑色转变，茶汤则由栗红色、枣红色向深红色递进；一般香味不显。我认为，好的熟茶就是喝白开水的口感，不好的熟茶苦味、涩味、堆味、杂味不一而足；茶底因发酵的缘故，色差几乎抹平，只能做些碎整度及柔软度的评判参考。我们问一个喝茶的人，平时喝生普还是喝熟普，就可以判断出这是不是一个真正的喝茶人。

品茶，要寻找标杆

虽说某个鸡蛋好吃，不必非要去找下这个蛋的老母鸡膜拜一番。但好茶之人不一样，他就是要找这只"老母鸡"，非要到产这茶的名胜地去看看不可，这样心里才爽。

约 20 年前，国家新闻出版署部署全国换发新版新

闻记者证，换证之前，对新闻单位有资格从事新闻采编
业务的专业人员进行了一次培训，考试合格的予以换发
新证。具体事务以省为单位操作，浙江省培训地点就设
在杭州西湖边上的一家宾馆里，宾馆的名字一下湮没在
记忆里，忘了，我也懒得去查证，只记得出这宾馆不
远，便是西湖十景之一的"曲院风荷"。饭后散步，湖
里荷叶田田，油绿一片，微风一摇，韵致大雅。培训几
天后，第二天就该考试了，平时打卡甚严，没得空闲，
考试前一天的下午是自我安排，用于知识上查漏补缺、
复习巩固。我想这难得的时机，得去一趟声名远扬的
"龙井"，看看龙井茶的源，是怎样迷人的样貌。

其时，品茶的氛围还没有现今这样的热气蒸腾，龙
井茶虽有响名，但要去看下"龙井茶"这枚"蛋"的
"鸡"，有兴趣的人屈指可数。或许大家要复习迎考，
我只邀约到一位同事，他是喝茶的老枪，有兴趣去龙井
发一个下午的呆。午饭后，我们便打车去龙井，一路上
风光醉目，自不必言。到了龙井，看井水也不似想象的
清澈，而且水面漂着几片枯叶，目测水有多深，则见不

到底。在井边徘徊良久，看无人管理，我便找根枯枝将井水搅动一番，以示亲近。此时节，也不是采茶之季，两人便在井旁一坐，抽烟、眺山、望云、胡侃。这样漫无目的地浪费宝贵时间，看似浪漫，实则反映出对茶的一种深厚的爱。那一天虽说没喝上龙井茶，但亲近了产茶之地，亦觉心满意足。在以后的日子里，我频频喝到龙井43号、龙井群体种，此行算是个源头。因为种子种下了，总是要抽芽、长叶、开花、结果的。

这样一来，绿茶的标杆，或者谦虚地说，龙井类制法绿茶的标杆就树起来了。接着，洞庭碧螺春、黄山毛峰、太平猴魁、信阳毛尖、六安瓜片及其他绿茶与之一对比，口味异同、品质如何，心里就基本有底了。当然，洞庭碧螺春、黄山毛峰、太平猴魁、信阳毛尖、六安瓜片等名茶，又可成为各类制法绿茶的标杆，那绿茶的参照系就真实而非人云亦云地构建起来了，到此时，对于绿茶的品识，你想糊涂一番也难啊。

红茶名品也不少，祁红、滇红过去都是写进中学地理教科书的，不知现在还"耸立"在书中否？但如今最响亮的红茶当属武夷山的金骏眉和正山小种。

武夷山既以风景名胜闻名，又以大红袍、正山小种、金骏眉等岩茶及红茶为一众茶客所向往，近年来还有"牛肉""马肉"之类，更是显得星光灿烂。所以，除了为那里的景色所诱惑，去旅游外，我还因茶多次往返其间。

其中一次，某年5月初，就纯粹为品茶的目的，我与三个朋友驾车六个多小时从宁波直奔武夷山。那天到武夷山天色已晚，我们也不去住宿的宾馆，直接到一处饭店吃了晚饭，在当地一个朋友处喝茶。不过瘾，便又出来，到街上巡观当地的夜市。走了走，觉得还是该找家茶店喝茶，但一路看去，似乎均非理想的品茶之所。到了预订的宾馆门外，原想休息后明天再作打算，忽又觉得不甘心，晚上大好的时间不利用，明天又得多费半天时间。这样一想，便不再挑剔，旋即进入宾馆附近的一家茶店，一心一意去体验当地的茶品与茶境了。

店主是位看上去三十几岁的女老板，见深沉夜色中

进来几位外地茶客，或许想，抑或有大单降临，便打起
精神热情接待。我们的确也想购买些中意的茶，便说店
里有什么好的茶推荐给我们尝尝。这老板不敢怠慢，大
红袍、水仙老枞、"三坑两涧"名品、金骏眉依次泡
来，但我们总感觉味道欠火候，有的苦味、涩味太显，
有的焙火太过，有的香味不纯。见此情景，我们说，你
拿店里最好的茶出来，让我们见识一下。她将搁在上面
的一盒茶打开，抽出一包，泡了给我们品鉴，说这是最
好的了。我们觉得还是过不了关，便直截了当地说：
"时间不早了，将你店里价格最高的茶泡一壶给我们喝
吧。"见此情景，她说："你们太会喝了，我将老公藏
的一泡好茶，给你们喝吧。"我们半信半疑，但依然期
待着，或许真能尝到一款称心的好茶。但失望如夜色加
深，因为这茶还不如前几款呢。最后女老板坦诚地说：
"你们太内行了，我还没碰到过这样的客人，这里现在
没有你们要的高品位的茶，其实其他茶店也是一样的，
大家卖的多是普通茶，要么你们明天上午再来，我叫老
公拿些好茶过来。"喝茶喝到这份上，我们便起身，说

打扰了这么长时间，谢谢了。一位朋友摸出二百元钱以示诚意，女老板起初还不肯收，说喝茶是不要钱的，我们拔腿便走。女老板还热情地招呼着："明天有时间来喝茶！"我们回："好的，好的。谢谢，谢谢。"

第二天便不再浪费时间，我们直接找顶尖品牌红茶的旗舰店品茶，这是树立品茶标杆的正路。

武夷山产茶的核心地域称为正山，其余称为外山，而正山的核心是桐木关。桐木关正山小种和金骏眉是红茶界的两座高峰。正山小种红茶是世界红茶的鼻祖，距今已有400多年历史。而金骏眉则是正山小种的第二十四代传承人江元勋率领团队，在传统红茶工艺基础上通过创新融合，于2005年研制成功的青出于蓝而胜于蓝的红茶新品，历史虽不长，但一经问世便得到茶界的高度赞誉。

金骏眉与正山小种的原料采的虽是同一种茶树上的叶子，但金骏眉选的是茶树萌生的鲜嫩的芽头，而正山小种采的是金骏眉采摘之后的一芽二叶或一芽三叶。金骏眉与正山小种的工艺也有传承与创新的异同，都要经过熏制、发酵，但金骏眉发酵程度更轻。

其时，金骏眉正声名鼎沸，我们便在武夷山市中心找到金骏眉的研发创始企业的品牌——正山堂旗舰店。进得店来，这个布局洁净敞亮，茶品陈列井然有序，服务人员迎上来询问需求，我们表示先随便看一下，然后想在此喝几泡茶。

在看的过程中，我们询问了不同层次金骏眉的价格，有 12.8 万元 500 克的，有 8.8 万元 500 克的，有 1.28 万元 500 克的。这个价格对于一般红茶来说是天价了，但顶尖的必定贵，这就是市场经济啊。这么贵，我们可以不买，但作为一次茶的树立标杆之旅，我们却不可以不喝。正好店家有按泡论价的消费服务，我们如愿以偿。服务人员引导我们至一张茶桌前落座，我们细品了几款金骏眉，觉得确比一般红茶（包括正山小种），滋味要鲜、嫩、柔、细、绵、润，有淡淡的甜及花果的香，这是一次标杆性的品尝。为什么说是标杆性的品尝呢？因为金骏眉就是由该企业研发的，正宗莫过于此；市面上真真假假的金骏眉纷杂难辨，有此一品，心里便有了底。

佳品往往难绝仿冒。说一件真事。某大企业老总，爱好喝茶，客户就给他送金骏眉，他喝着觉得挺好，常有人送，他也常常喝。后来福建朋友送他正宗的金骏眉，他一喝，说这是假的。因为假的喝惯了，有了标杆，真的就是假的了，闹了笑话，沦为圈内朋友的笑柄。所以标杆一定要真，就像奥运会的圣火一定要从希腊取来一样，否则就歪了。当然圣火还只是象征意义，茶的标杆可是正儿八经的事。

这些年，白茶像江南雨季的雾一样弥漫开来，我喝了几年白茶，也得树立白茶的标杆。武夷山之旅，我们先在几家茶店逗留，随后又去拜访朋友的一家颇具规模的主产大红袍的茶企，接着，便驱车直奔白茶的圣地——福鼎。所谓直奔，真的是直奔，从武夷山到福鼎，经一高山，当时漫山浓雾，目不及十米，驾车的朋友，年轻气盛，开车如开战斗机，下山陡坡，依然无惧，毫不减速，另三人连声惊呼，减速！减速！他不听劝，连说放心放心，没事没事。无奈油门、刹车均在他脚下，所有劝阻皆如山风吹过，不起一点儿作用，直待车下得山来，浓雾甩在身后，我们紧着的心才放松下来。

喝了几年白茶，我们知道白茶品牌的前三名是品品香、绿雪芽、六妙。我们到达福鼎已是下午，便在市中心的一长溜茶叶门店中找这三家门店。据说福鼎有三千多家茶企，一眼望去，街上门店也蔚为壮观，幸好这三家品牌门店均占着最醒目的位置，而且绿雪芽与六妙紧挨着，品品香与它们也只隔了一个门面，看来品牌实力就摆在那里。

我们很干脆，就这三家店依次喝过来，都喝全套，按白毫银针、白牡丹、贡眉、寿眉的顺序，而且当年的、有一定年份的均领略了一番，这个相当费时，直至红日西沉尚未息手，后朋友数遍催晚饭，我们几次说晚饭自己解决，朋友不依，自己觉得盛情难却、不好意思，才作罢。在品茶过程中，各个层级白茶的鲜、爽、甜、润、滑、醇、酽、浓，新茶的鲜、爽、轻、青、甘、放，陈茶的润、厚、馥、酽、稠、甜我们都得以再次体认和验证。这种标杆式的品鉴，使我们心中基本有了品评白茶的一把尺。这是我第一次到福鼎，后来又有缘多次往返福鼎，并与当地的有关领导及品品香董事长林振传、六妙董事长庄长强在他们的企业或门店进行参观、交流、探讨。再往后，我又认识了几位福鼎白茶企业的掌舵人，看来我与福建缘分不浅。

关于青茶类中乌龙茶标杆的建立则是另一种缘分。2008 年北京奥运会后，奥运会吉祥物福娃的设计者、国家级艺术大师韩美林声名大噪，风头一时无二。过不多久，我的几位茶界朋友找到我，说他们七家茶企共同成立了一家茶业联合体，取名叫宁波华茗茶业有限公司。"华茗"两字，主要考虑的是与"中茶"相对应，你中国茶叶进出口公司，取一个"中"字，我就取中华的"华"字，你取中个"茶"字，我就同义取一个"茗"字，以见其志之大。他们要我帮忙，找韩美林题写个茶店的招牌，就"华茗苑"三个大字。

　　艺术家都是有些个性的，何况大艺术家，何况要他题写商业门店的招牌，最最关键的是，我当时还不认识韩美林。我朋友们认为，你在报媒工作，识多交广，总能接得上头的。这想法还挺大胆的。我也很想助他们一臂之力，硬着头皮答应帮忙试试，但告知他们不要抱太大希望。我只得向我的老师求助，当时他正在杭州工作，二话没说就答应帮忙。过几天，韩美林来杭州度假，这"华茗苑"三字就到手了。字写得粗放遒劲，三个繁体字，上面都是"草"字头。这三个"草"字头，他写得极像六朵茶叶的嫩芽，却又是一气呵成，毫无雕琢的痕迹，也只有韩美林有如此独创的风格，大师不是浪得虚名。朋友们拿到这字，开心得合不拢嘴。后来茶业联合体旗舰店开张，"华茗苑"三字刻在花梨木板上，鎏上深湖蓝的颜色，十分大气、雅致、醒目，常引人观望。

　　联合体七家茶企中，其中有一家是来自宝岛台湾的企业，我们简称为"台茶公司"。大陆最大的茶叶公司是中国茶叶进出口公司，他们则是台湾茶叶进出口公司；我们简称"中茶"，他们简称"台茶"。这参与茶业联合体的，就是响当当的台茶公司，不过这台茶公司当时已完成改制，成了私营企业，董事长叫游建民。

在与游建民的接触过程中，我们品尝到了正宗的台湾顶级乌龙茶。在一段时间里，大陆最红的乌龙茶是安溪铁观音，但那些年安溪茶农为追求茶叶产量，农药、化肥使用不规范，媒体几乎年年报道安溪铁观音农药残留超标，最后消费者不敢喝了，从此安溪铁观音一蹶不振。

加入联合体后，台茶公司的茶进到了宁波。这些进来的乌龙茶还是保持传统的制法，没有像安溪铁观音那样向轻发酵方向转，一些老茶客觉得口味纯正，最为关键的是经海关检测，农残为零，这样喝着就令人放心了。

游建民介绍，在相当长的一段时间里，中国台湾的很多农产品销往日本，而日本对食品标准把控十分严格，因此他们的茶园是不施化肥、农药的，是纯有机产品，这种生产方法已经成了一种习惯。

台湾的乌龙茶一般都是以山命名，譬如大禹岭、福寿梨山、阿里山等，山的海拔越高，茶产品就越名贵。大禹岭产茶区海拔在 2200 米以上，是全世界海拔最高的乌龙茶产地，因此大禹岭所产的乌龙茶是公认的台湾顶级的高山茶。当然，同是大禹岭的茶，各个茶厂制作的产品也各有千秋，这主要是因为工艺上的火候不同。

台茶公司有较为深厚的底蕴和传承，它制作的各山头茶，尤其是台茶牌大禹岭乌龙茶，作为乌龙茶标杆应该是没有疑义的。我在品尝台茶牌大禹岭乌龙茶时，能感受到茶汤的醇厚而爽滑、芬芳而馥郁、酽劲而纯粹，这是一种舒心的享受。

台湾乌龙茶制作保持传统的 50% 发酵工艺，没有像后期的安溪铁观音那样向 25%~30% 发酵的轻发酵方向发展，避免了安溪铁观音的青草味败笔。坚持传统有时确实是可贵的。

云南的普洱茶，也风起云涌、波浪滔天颇有时日，从生茶、熟茶、台地茶、有机茶、山头茶、古树茶，到新茶、老茶、印级茶、号级茶、单株、拼配、茶王树、猫耳朵；从古六大茶山、班章为帝、冰岛为后，到藤条茶、高杆茶、山寨细分，一派纷繁景象。一件事越纷繁越能吸引众人长久的关注，因为它具备了成为吞没你时间的黑洞的条件；而简单的事，人们的兴趣会快速转移。这样看来，云南数不胜数的山头及各种独特的地理气候环境，加上不同的茶园树态和制成茶的多种形状，以及工艺的差异、储存时间的长短与仓储的条件不同等，都足以让你的空闲时间有充裕的安放空间。

"大益"是普洱茶的顶流品牌，是品牌茶中响当当的标杆。2009 年，我的一位朋友成了大益茶浙东区域总代理。当时，大益茶还没有后来那么热得烫手，至少在宁波还没特别显山露水。朋友颇有事业心，想在短期内打开局面。在一次茶聚中，他与我探讨如何达到这个目的。我建议做一次话题广告，进行一次有效传播。具体的做法是邀集厂方、经销商、茶学专家、茶文化学者、本地消费者代表，开一次研讨会，内容涉及普洱茶的历史、现状、发展趋势，以及普洱茶的常识、科研成果、大益茶的制作工艺、消费者对普洱茶的认知等，并在媒体上广而告之。我作为传播领域的专业人士，在报社会议室主持了这一研讨会，研讨内容用了两个版面，以大跨版的形式见报，十分抢人眼球。这次传播行动，商业味不浓，知识普及唱主角，各界反响很好，大益茶自此在宁波及浙东区域渐次走红，且越来越红火。我的这位朋友由于自身努力，突出的业绩被大益总部赏识，如今总代理范围已涵盖整个浙江区域。

由于新闻采访，我去过云南多次。但还没有一次因茶而踏上这片土地。虽然几位在云南经营茶企的朋友邀约我多次，因工作时间的安排，一直未能成行。但若有心，一切都不能阻挡对普洱茶的亲近。

这些年来，每年都有云南的朋友在春茶开采不久，便寄来众多茶样，赠我品鉴。这些茶，主要以勐海茶区、临沧茶区、易武古六山为主，而且主打古树料。普洱茶的标杆构建又复杂些，真真假假良莠不齐，山头味、年份味又各异，但你品尝、探究越多，越深入，越趋内行，真相也越近，制茶师、茶商也越不敢有所欺瞒，只能与你坦诚探讨、交易、交朋友。班章的霸、冰岛的甜、易武的柔及其他种种山头味，苦、涩、润、滑、鲜、爽、甘、香、甜、糯、醇、酽，共性与差异，在时光的沉淀中带来转化的惊喜和滋味的美好。标杆是品茶的秤，但普洱茶也强调多品出标杆，因为山头、年份、大小树、工艺、仓储等叠加因素太多了。在这里，我告知一个秘诀：叠加因素多到无法判断时，就回归常识，只去辨茶的色、香、味、形，并遵从内心，适己为尊。

个人认为，普洱茶是品茶论剑的高峰所在。在时光的前方不远处，我们的足迹终会印在云南的茶山上，而且还将频繁叠加。

茶叶的主要成分及康养作用

不管是艳阳朗照，还是下着细雨，当我们端起一杯茶，在享受美好滋味的同时，还知道它对人体是有益的，这让我们对之愈发亲近、融和，似乎我们就与大自然拥抱在一起了，于是有了"天人合一"的意境。

一些知名的报刊、网络渠道也常常传来世界健康饮品排名第一位是茶的信息。甚至在全球医学界极具权威性的英国《柳叶刀》期刊，也隔三岔五地发表关于茶对人体有益的研究成果。科技、医学团队通过对茶叶内蕴的 400 多种成分进行分析研究，结合人体生理学、细胞学说，认为长期适量饮茶对人体的康养作用是显著的。这在一定程度上印证了数千年前"神农尝百草，日遇七十二毒，得茶而解之"的传说。据说唐代有个"五十斤茶"和尚，因终生饮茶而活到了 130 岁。这种古代传说、科学分析、医学验证与如今民间通识相一致的认知，使喜欢喝茶者越来越众，而且这是一个世界性的现象，我们的国家领导人在国事活动中，也多有用茶席来款待外国元首的做法，可见各界对茶都有高度的认可。

据资料，茶叶的主要成分有茶多酚、氨基酸、咖啡因、糖类、蛋白质、果胶、芳香物质、类脂、叶绿素、矿物质等，其中茶多酚、氨基酸、咖啡因占据主要位置，而茶叶的品质特征即诸多内含物质的外在表现。

资料显示，干茶中的物质含量占比：色，指色素类物质，约占总量的 0.5% ~ 1%；香，包括类脂类物质、芳香类物质，约占总量的 5% ~ 8%；味，包含茶多酚、氨基酸、生物碱、糖类、蛋白质、有机酸等物质，约占总量的 64% ~ 90%。

　　茶叶中所含对人体有益的营养成分数以百计，如不作科学研究，一般茶客先了解一下生物碱、茶多酚、氨基酸等几种主要成分就可以了。茶汤中的苦味是由茶叶中的生物碱成分带来的，这些生物碱包括咖啡因、茶碱、可可碱等，它们对人的中枢神经有兴奋作用，使人提高警觉性，并能促进消化。而茶多酚是茶叶中儿茶素、丙酮类、酚酸类、花色素类化合物的总称，也是茶汤中色、香、味的重要组成部分，主要呈现为涩味，其抗氧化、抗菌、降脂、增强细胞活性、延缓人体衰老功效为人熟知；氨基酸是人体必需的营养物质，它能够维持人体正常的代谢，人体蛋白质、酶、激素、抗体都是由氨基酸化合而成，能有效提高人的免疫力、调节神经系统等，其味主要呈现为鲜爽的特征。

其他如茶叶中所含的多种维生素（A、C、E、K、B族等），有助于提高人体免疫力、延缓衰老、促进新陈代谢；所含多种矿物质（钾、钙、镁、锌、铁、锰等），对身体健康非常重要。

还有，茶鲜叶在氧化、发酵的过程中，会产生茶黄素、茶红素和茶褐素，对人体也很有益。茶黄素，具有降血脂、抗氧化的功效，有助于降低胆固醇水平，对预防心血管疾病有一定作用；茶红素可升高血清中的高密度脂蛋白，降低血脂和血清中的低密度脂蛋白，还具有溶解血管沉积物的作用；茶褐素能改善人体的综合代谢平衡，具有降血糖、降血脂、降血压、降尿酸的效用等。

不同茶类的内蕴物质略有不同，这个不同，一是指有无，二是指所占比例的区别。譬如绿茶及新生普中的茶碱、茶多酚、氨基酸、维生素含量会多些，而红茶及老生普中的茶黄素、茶红素、茶褐素含量较高，熟普有较为丰富的茶褐素。所以总体来说，喝茶对人体有益，但不同的茶对人体的有益作用也略有差异。

茶叶对人的益处很早就有人作专门的研究。盛唐时期的医药学家陈藏器，系明州（今宁波）人，考取进士后在京畿要地任职，他一方面勤政爱民、忠于职守，另一方面情系本草，经常行医施药，著有《本草拾遗》一书，开始研究以茶治病。据传，开元十四年（726年），唐玄宗第十八子李琎身患怪疾，感觉饥饿却厌恶进食，瘦骨嶙峋，卧床不起。太医们想方设法、绞尽脑汁，几经治疗还是毫无起色，感到束手无策。陈藏器听闻此事后，通过官场熟人向皇室进献秘方"药茶"，李琎饮用后疗效明显。几个月后，李琎病愈，玄宗大喜，十分感念。陈藏器被后世尊为"茶疗鼻祖"。

日本的荣西和尚，8 岁随父读佛经，14 岁出家受具足戒，在宋代时，两次到中国学佛、学茶。在南宋乾道四年（1168 年），27 岁的荣西从日本乘船抵达明州，第一次进入中国。当时的南宋，茶已成为皇室贵族、文人雅士、大贾、僧侣必不可少的日常饮品，甚至超越了唐人的美酒。荣西回国时，将中国的茶籽带回日本，首先在筑前（今日本福冈县）的背振山上进行试种，大获成功。南宋淳熙十四年（1187 年），46 岁的荣西再度入宋，他从日本渡海到达临安（今杭州），后转往天台山，依止临济宗怀敞禅师学禅。不久，怀敞移至明州天童禅寺，荣西随同到天童。荣西从师学佛五年，终得怀敞禅师的认可，继承临济正宗禅法。受南宋茶风的熏陶，回国后荣西在钻研佛经、传播佛法的同时，翻阅大量从中国带回的茶书，埋首茶的研究，领悟茶禅一味意境，也研究茶疗养生。南宋嘉定八年（1215 年），荣西完成《吃茶养生记》一书。然后，他用茶治愈了幕府将军源实朝的热病，自此，荣西声誉日隆，日本茶风也更为盛行。

我的一个开了多年茶店的朋友，受茶叶富含养生物质的启发，现在转了方向，专门研究保健养生茶。

各种茶叶对人体的益处，经常喝茶的人是能实实在在感受到的，但茶商为做生意而夸大其词也在所难免。我们常说，抛开剂量讲疗效是不切实际的。真实的情况是，常喝茶的人显得年轻，肤色也更为红润，好像看上去是这样。

喝茶，当如闲云野鹤

一般说来，起先我们喝茶是为了解渴，这可以说是物质层面的；后来，我们不渴也喝茶，休闲、聊天或聊一些工作上的事，这就有了文化或平台层面的作用了；再然后，我们一喝茶便觉得愉悦，有一种轻快和通透的感觉，甚或悟到些什么，这就有点精神上的意味了。总体来说，喝茶是一种让人在天地间放松的活动，若把喝茶搞得比工作还累，这就不是喝茶的本意了。

　　爱好喝茶的人，会碰到与茶打交道的各个层面的人。茶农，会与你聊茶树栽培、土壤成分、病虫害防治、肥料使用、采茶时节等话题；茶商，会与你聊茶叶收购、制作、包装、品牌、批发零售等；茶艺师，会与你聊茶叶的冲泡方法、投茶量、水温、适用器皿、用茶程式与礼仪等；茶科技工作者，会与你聊茶叶的成分、各种内含物的比例、什么物质产生怎样的色香味、某种物质对人体产生哪种作用等；茶文化学者，聊的常常是茶叶的起源、考古的发现、茶在社会生活中的作用等；而茶的店家为了实现经济创收，其中优秀些的、各方面都懂一点儿的，最简单的做法就是把茶批发来，然后卖给茶客，同时他们也兼顾着茶艺师的角色。

　　茶客也有不同的类型。有的对茶有爱好，品茶讲究色、香、味、形，对新品有好奇感，有体验探究的欲望，喝茶就是一种无上的享受；有的则在紧张的工作之余，想喝杯茶放松一下，调节调节精神，养精蓄锐，以利再战；有的人则借喝茶之机，聊一些工作上或其他的事，在优良的环境、轻松的氛围中，提高办事效率；有的人就喜欢独自或与朋友一起，喝着茶，漫无目的地度过一段休闲的时光；有的人品到佳茗，如入仙境，沉醉忘返；有的客人确有购茶的需求，坐下来喝上几杯，听店家推荐或自己品鉴挑选茶叶。

所以茶客也好，与茶打交道的各色人等也罢，对茶，对喝茶，对这日常的物、日常的现象，自有不同的视角与感受。但对一个茶客来说，喝茶的最高境界是获得"闲云野鹤"般的意境与享受。

最初，我们在不懂茶或对茶的认知尚浅时，可以听些、学习些关于茶的各方面知识，在学习和品鉴到一定程度后，就要放开，遵循自己的个性喝茶，怎么舒服怎么喝，做到不落俗套。

我看与茶打交道的人中，最不会进步的是茶艺师。他们的动作往往是烦琐、机械和僵化的，被一种似是而非的程式锁住了。我们常可以看到不少茶叶店家或茶艺师，投茶几克总要称一下，水温多少度念念有词，出汤几秒要看计时……本来很轻松地喝茶，还没有喝，看着就让人累死。有一种更厉害的说法，说喝茶先要静心息念、正襟危坐，然后看泡茶者一步步动作，这喝的绝对不是茶，而是一种杜撰出来的不知所以的折磨人的仪式了。

要说这样搞一下也可以，不同的人有不同的需求嘛，何况生活重复单调，来点差异调味也挺新奇。但不思进取，长期拘泥于这一套，喝茶就有了上班的调门，人就累。虽然店家和茶艺师他们的确是在上班，但茶客是想找一个不是上班的氛围来轻松一下的。

后来我发觉，那些店家会聊、善聊的茶店，老客就多。他们的聊不是喋喋不休，而是同声相应，有趣有味，喝茶只在不知不觉之中。而只有茶艺师坐堂或店家脱不了茶艺师稚气的茶店，老客就少，客人往往坐不长久，有的干脆扭头就走。

所以从老茶客的角度来说，喝茶的最高境界就是轻松、惬意、舒服，这就是茶的道，这就是茶的自然，一切繁文缛节，都应该抛到九霄云外。条条框框，都是初级阶段的东西，都是茶艺界为生计而不断附加上去的东西，不丢开，则无以提升与成长。

　　真的茶客，喝茶的体验，当如闲云逸空、野鹤飞天、花绽幽谷、瀑出断崖，兴尽而不知所以……

喝茶与时节

　　真的说来，如果身体健康强壮或自身适应的话，不管什么季节，喝什么茶都行，都没问题。我们人体是一个具有强大自我调节能力的有机系统，适应性很强，没那么脆弱，只要不过分就行。你看，我们身边许多人，数十年来一直喝绿茶，而且不分季节，觉得很好、很习惯，让他们喝别的茶反而不适应。

中医有云："正气存内，邪不可干；邪之所凑，其气必虚。"这里的"正气"，是指人体正常运行的正能量；邪，是指干扰人体正常运行的负能量。一个正常的人，正气足，一般外邪就无法入侵，就不会致病。邪之所以能聚集在一起，给身体带来病痛，很大一部分原因是自身的正气不够充盈，比较虚弱。有的朋友喝茶就比较挑剔，说是胃寒，喝绿茶胃不舒服，这种情况也常有听闻。

针对这种情况，我们从中医调理、养生的角度来探讨一下什么季节喝什么茶，也是有意义的。

一些老茶客早些年的口诀是，春天喝花茶，夏天喝绿茶，秋天喝乌龙，冬天喝红茶，而把其他茶排除在外了。其实也可以理解，当时，绿茶是绝对的主角，春天喝花茶主要指的是茉莉花茶，也是绿茶窨制的，也属绿茶类。花茶在北方特别流行，江南一带是春、夏都喝纯粹绿茶的，春茶一上市就喝上了，乌龙茶、红茶在秋冬季走红，其他茶则闻所未闻。有些老茶客一年四季都喝绿茶，至今还是。后来物质生活丰富，物流畅通，茶文化发扬光大，黑茶、白茶、黄茶才进入众人的视野，进入茶客的口中。

六大茶类大家都熟知了，那从养生学的角度来看，各个季节喝什么茶为宜呢？为彻底解决这个问题，我们不但要"知其然"，还要"知其所以然"。中医将草药的药性分为寒、凉、平、温、热五个层级，五个层级的每一级又有程度的不同，譬如寒，有微寒、寒、大寒，当然还可以分得更细，这里不做深论。茶叶本来就是一味名扬四海的、从神农氏那里传承下来的中草药，因其加工方法的不同，从不发酵、微发酵、轻发酵、半发酵、全发酵、后发酵，茶性从寒向热方向运行。其实我们可以将寒与热这两极在各类茶叶的茶性中排除，否则每天喝这么厉害的寒或热两个极端茶性的茶叶还了得？我以为，各种茶类实则只有凉、平、温三级，当然每个层级可以再细分。一般认为：不发酵的绿茶是凉性的；微发酵的白茶和轻发酵的黄茶是微凉的，当然这微凉的凉又有程度上的些许差别；而半发酵的青茶则是平性的，但青茶的发酵程度不一样，茶性又各异，发酵程度在50%的传统乌龙茶性平，30%左右的轻发酵乌龙茶则显微凉，75%发酵的岩茶则属微温；红茶属于全发酵茶，茶性就属于温了；至于后发酵的黑茶，在刚制成阶段是凉性的，随着时间的推移，逐渐氧化、发酵，就慢慢向微凉、平性、微温、温性转化。中医的核心是讲究阴阳平衡，以此为据，应时喝茶，以求体内平衡。春季阳气渐升，气温回暖，可喝些微凉的茶，包括白茶、黄茶；夏季暑热，可喝凉性的茶，以绿茶为主；秋季气候渐变，可喝些平性的茶，以半发酵的青茶为主；冬季寒冷，可喝些性温的茶，包括红茶和老生普、熟普。

好水出好茶

　　地处东海之滨的宁波，群山竞秀，清溪碧透，大江奔涌。某年春，我与来自北京的朋友一道在宁波城中的茶店喝茶。茶店的老板也是我的朋友，恰逢新茶上市，店主拿产自本地太白山的绿茶开泡，北京朋友如饮仙汤，赞不绝口，临别时购此茶 500 克，分装成 4 罐带走，说是从未喝到过此等好茶，回去要与朋友分享。朋友回京没几天，来了电话，说是一到北京这茶的味儿就变了，怀疑茶叶与在宁波喝的不一样。我略一回忆就知道是怎么回事了。我说："你回想一下，当时店老板的茶炒出来不久，尚未包装，就堆放在竹匾上，泡给我们喝的茶是从竹匾上拿的，罐装给你的茶也是从竹匾上拿的，对吧？"他说："是的，但我就奇怪一样的茶为啥滋味差许多。"我自信地说："是水的问题。你泡茶的水不够嫩啊。你用自来水泡的茶吧。"他说是的。我说："你们北方多是硬水，再说是自来水，没有我们南方的水柔软、轻盈。而且我们泡茶多用山泉水或桶装纯净水，不信你在超市买一桶纯净水泡茶试试。"隔天，他来电说："照你的指点，买了纯净水来泡茶，找回了宁波的味觉了。"我说："好茶要用好水泡啊，否则就叫暴殄天物了。"他说："又学了一招，往后还得多指点呵。"

其实，对于泡茶用水，历来就多有讲究，只是我国经历过一段物质匮乏的时期，当时很多人饭都吃不饱，喝茶就无这穷讲究了。以致后来多数人对水与茶的"共振"关系闻所未闻，偶然有缘得闻，如获珍知。

有言道："水为茶之母，器为茶之父。"前半句是讲好茶必须有好水激荡、孕育才能造就出类拔萃的茶汤，表述得十分贴切。明代张源在《茶录》中言："茶者水之神，水者茶之体。非真水，莫显其神，非精茶，曷窥其体。"这句话将茶与水的关系又透彻了一番。

自古以来，爱茶之人均十分注重煮茶、泡茶用水的选择。那么，究竟什么样的水才是好水呢？唐代陆羽在《茶经》中说："其水，用山水上，江水中，井水下。"宋代苏轼《汲江水煮茶》、欧阳修《大明水记》、宋徽宗赵佶《大观茶论》、明代田艺蘅《煮泉小品》、唐代张又新《煎茶水记》等都对茶用之水做过述评，清乾隆也对全国有名之泉进行品评，分封天下水品高下。概括而言，古人择水，其水质尚清、尚活、尚轻，水味则尚甘、尚冽、尚淳。张源说："山顶泉清而轻，山下泉清而重，石中泉清而甘，砂中泉清而冽，土中泉淡而白。"由此，可悉古人品水、用水之所好。

明代冯梦龙的《警世通言》中《王安石三难苏学士》的故事，恰可映照古人对煮茶之水近乎执着的讲究，乃至以水观道的文人意趣。

苏轼赴任黄州团练副使前，拜访已退居在家的王安石，辞行时，王安石对苏轼说："老夫幼年寒窗十载，染成一疾，晚年常发，太医院的医生说是痰火之症。若要根治，须用三峡的中峡水同宜兴的阳羡茶煮服。子瞻故乡在蜀，倘若能借眷属往来之便，携一瓮中峡水相送，那么，老夫衰老的年纪，都是子瞻所延长的。"苏轼一口答应下来。

过了些时日，夫人要回四川省亲，苏轼决定送夫人到夔州，然后汲取中峡水，好向王荆公复命。船到夔州，苏轼便与夫人分手返棹东下。

上峡（瞿塘峡）水势湍急，峭壁千仞，苏轼构思着《三峡赋》，不知不觉就睡着了。三峡水一泻千里，一觉醒来，轻舟已过万重山，已经到了下峡（西陵

峡)。苏轼命船家返航,回取中峡(巫峡)水。船家
道:"三峡相连,水如瀑布,船如箭发,返回巫峡,一
时半会儿难呢。"苏轼沉吟半晌,命船家泊船,他上岸,
找了个当地老人询问三峡哪一峡的水好。老者道:"三
峡相连,上峡流于中峡,中峡流于下峡,一般样水,难
分好歹。"苏轼心想:荆国公未免过于迂腐,三峡一体,
一般样水,何必定要中峡。于是命水手汲取了满满一瓮
下峡水。

苏轼携一瓮三峡水来拜见王荆公。王安石呼童子茶
灶中煨火,取白定碗一只,放一撮阳羡茶,等到水初沸
时急取水沏茶,许久才见茶色。王安石问道:"此水何
处来?"苏轼说:"中峡。"王安石笑道:"又来欺老夫
了,此乃下峡之水。"苏轼大惊,只得以实相告,并问
道:"老太师是凭什么分辨出来的?"王安石说:"《水
经补注》有载,上峡水性太急,下峡太缓,惟中峡水缓
急相半。太医知老夫之症,故用中峡水。此水烹阳羡
茶,上峡味浓,下峡味淡,中峡浓淡之间。今见茶色半
晌才现,故知是下峡水。"五十九岁的荆国公不经意间

给四十三岁的苏轼上了堂茶水课，自此可见水对茶的影响是何等的宏巨、精微啊。

　　古人对泡茶之水，虽然多有精辟之论，但世易时移，物象多有变幻，我们也不可泥古不化，而要脚踏实地、明辨细察，作适度的扬弃。如茶圣陆羽的"其水，用山水上，江水中，井水下"，此论放到如今就已不足采信。因为当时是农业社会，江河之水少污染，水的活性比井水强，但现今江河多有工业、生物污染，统而论之反不及井水洁净宜泡茶。

　　庆幸的是，现在的人们对水的认知可借助科技手段进行测评定性。譬如文章开头提及的水质软硬。水质软硬的标准主要指水中钙和镁离子的总浓度。各个国家和地区会有不同的水质软硬度标准，中国通常使用以度为单位的测量方法，其中每升水中含有 10 毫克氧化钙为 1 度。根据这个标准，硬度低于 8 度的水被定义为软水，而硬度高于 8 度的水则被定义为硬水。在软水和硬水中，依据测定数据又有软硬程度的差异。软水泡茶比较柔嫩鲜爽，水太硬则会使茶汤变色而茶味损欠。水的钙含量过高，茶呈涩味；镁含量过高，茶味变淡；铅含量过高，茶味则苦；二价铁含量过高，茶汤显蓝紫。

我们国家对饮用水是有标准要求的，这个标准对泡茶的水来说是起码的标准，好茶当用更为优质的好水来泡，茶汤才会呈现惊喜的韵味。

泡茶水除了讲究软硬度，还有一个酸碱度的讲究。水的酸碱度以 pH 值 0~14 来表示。pH 值显示 7 为中性水，小于 7 为酸性水，大于 7 为碱性水。pH 值以 7 为界，数字越小，酸性越强，数字越大，碱性越强。泡茶水以 pH 值不超过 7 的中性水或弱酸性水为佳，其次为 pH 值 7.3 以内的弱碱性水。在 pH 值大于 7 的碱性条件下，茶汤中的多酚类物质会氧化，因此呈现的茶黄素、茶红素、茶褐素等会使茶汤原有的浓度、鲜度降低，茶汤中内含物质的离子平衡性不稳定，茶汤颜色会加深，口感随之变差。pH 值不超过 7 的中性或弱酸性水泡出来的茶则显香醇、浓郁。这里需要说明的是，水的软硬度与水的酸碱度是两个概念，没有必然的联系。

当今，爱茶之士众多。在宁波，常可见爱茶者在假日开车上山，携着几个专用塑料桶，将山泉水灌装好，运回来煮茶、泡茶。宁波境内四明、天台两大山系绵延，岩基少有碳酸钙成分的碱性母质，水质普遍较软，水味甘和，泡茶确属上上之水。

在此，列举几个自古闻名的出好水的宁波名泉，以资参鉴。

雪泉，又名"雪窦泉"，位于有"四明第一山"之誉的奉化雪窦山。此泉，水质清冽甘润，为烹茗佳品。

仙泉，又称"瀑布泉"，位于余姚市梁弄镇南道士山白水冲，传为道家"三十六洞天"之第九洞天。

丹泉，又名"透瓶泉"，位于象山丹城蓬莱山麓。相传南朝道家陶弘景隐居此山炼丹，投丹于井。现井栏"丹井"两字依旧清晰可见。《真人灵验记》记载："有炼丹井，清澈甘美，以瓮瓶贮之，即有水珠透瓶而出，号透瓶泉。"

佛泉，又名"妙喜泉"，位于鄞州区阿育王寺内。据《阿育王寺志》记载，南宋绍兴二十六年（1156年），住持宗杲禅师率众寻水，某日一锹下去，竟得飞泉溢涌，泉水甘冽可口，明州姜知州见而异之，命名为"妙喜泉"。

法泉，又称"宏法泉"，位于鄞州区天童寺佛殿后庭，系明代密云禅师所浚，1914年净心禅师重建修筑。

福泉，位于鄞州区福泉山之巅。泉井不深，而终年不涸，泉水清澈，味甘和如乳，山因泉而得名。

如今，人们煮茶、泡茶多以市售纯净水为用，一是方便，二是品质达标。但各种市售水，味感敏锐的人又有所偏好，因为工业标准虽均达标，而酸碱程度、微量元素所含仍有差异，且出产地水质天性仍存，喝到口中难免有细微之别，那只能凭各自喜好选择了。

有些人还是以山泉水为上，登山运水乐而不疲。但因人类活动频增及自然水质可变，大家应细心甄别而取需避害。至于古之名泉，由于地质条件及人们用水习惯、水体流动性改变等，是否至今依然清丽甘醇，也当详究。取泉水烹茶、泡茶，作为山水浪漫及文化、怀古情趣，倒也是茶席上令人小小兴奋的谈资，并能引发久处市井喧嚣的人们作陶渊明采菊东篱、桃源生活之遐想，亦可一乐。

好水，还得讲究火候

水为茶之母，好水出好茶。但我们要泡出一壶好茶，在好水的基础上，还须对沸腾的泡茶水的老嫩有一个认知，即水烧开到哪一个时刻拿来泡茶最为佳绝。

常人喝茶，用水来泡，一般认为只要是开水就行，水沸腾多久才最为合适是少有人关心的。但古人对水沸腾火候的讲究比我们精细多了。

茶圣陆羽在《茶经》中针对煮茶、泡茶用水提出"煮水三沸论",曰:"其沸,如鱼目,微有声,为一沸;缘边如涌泉连珠,为二沸;腾波鼓浪,为三沸。已上,水老,不可食也。"即烧水之时,初沸的水,气泡像鱼眼一样大小,微微有声,是一沸;锅边冒出像涌泉一样的连续气泡时,是二沸;沸水像翻腾的波浪一样时,是三沸。再煮下去,水就老了,不可以喝了。

鱼目、连珠、鼓浪,是对水一沸、二沸、三沸形状的细察实描。古人认为,一沸之水太嫩,称"婴儿水",泡茶劲力不足;二沸之水称"得一水",意为"得道水",这是泡茶的最佳水;三沸以上的水太老了,泡的茶鲜爽度降低。

古代与现代煮、泡茶的差别,主要在于前者以煮为主,后者以泡为主。但两者的核心都是以适当温度的水煮、泡茶叶。古人认为最宜茶的水为刚煮沸连续起水泡的水,这种水煮、泡茶,色、香、味佳妙。

古代爱茶之士认为，烧水要大火急沸，不能文火慢煮。

还未完全烧开的水太嫩，不适宜煮、泡茶，因其水温低，劲力不猛，茶中有效成分难以充分析出，茶味薄、香味低，并且茶浮于水，品饮也不便。如果水沸腾过久，水就太老了，连续地沸腾，气泡不断逸散，水中的二氧化碳消耗殆尽，会使煮、泡之茶的鲜爽度大为逊色。只有取其沸之中庸正时的刹那得道之水，才是煮、泡茶的绝妙之水。

所以，宋代蔡襄在《茶录》中言："候汤（指烧开水的火候）最难，未熟则沫浮，过熟则茶沉。"明代许次纾在《茶疏》中说得更具体："水一入铫，便须急煮，候有松声，即去盖，以消息其老嫩。蟹眼之后，水有微涛，是为当时。大涛鼎沸，旋至无声，是为过时。过则汤老而香散，决不堪用。"

而苏东坡亦有诗云："蟹眼已过鱼眼生，飕飕欲作松风鸣。"他认为，一沸为蟹眼，二沸为鱼眼，鱼眼生时泡茶正当时。《辞源》亦释："初滚为蟹眼，泡渐大为鱼眼。"这与陆羽"其沸，如鱼目，微有声为一沸"有异，但这异只是比喻的差别，其核心内容则是一样的，就是水刚沸的时候泡茶还不得时，要再沸一下才行。

唐代煮水用的是口比较大的镇，煮水的时候容易看到水的外形。而到了宋代是喝点茶，用汤瓶来煮水，汤瓶口小，不容易看到水的形状，于是对水的沸腾状态又有了声辨和气辨，就是通过水烧开后的声音变化和气体形状来辨别水的沸腾情况。

明代的张源在其《张伯渊茶录》里，对水沸腾状况下形、声、气三态的变化做了较为详细的概述："汤有三大辨，十五小辨。一曰形辨，二曰声辨，三曰气辨。形为内辨，声为外辨，气为捷辨。如虾眼、蟹眼、鱼眼连珠，皆为萌汤；直至涌沸，如腾波鼓浪，水气全消，方是纯熟。如初声、转声、振声、骤声，皆为萌汤；直至无声，方是纯熟。如气浮一缕、二缕、三四缕，及缕乱不分，氤氲乱绕，皆为萌汤；直至气直冲贯，方是纯熟。"当然，无论形辨、声辨、气辨，目的都是防止水过嫩或过老，以获"正水"或"得时水"泡茶。这"正水""得时水"是我的说法，与古人相与，以博一乐。

那水煮过了头，怎么办？宋徽宗赵佶《大观茶论》有言："凡用汤以鱼目蟹眼连绎迸跃为度，过老则以少新水投之，就火顷刻而后用。"因宋代喝点茶，此句可以解读为，凡是用来点茶的沸水，以水不断翻滚出现鱼目、蟹眼一样的气泡为判断标准，如煮得太久，水老了，就可以放一些新水进去，在火上再烧一会儿就能使用了。

结合我本人用水煮茶、泡茶的实践，我觉得古人的说法确实可资参考。特别是好的绿茶、黄茶，新上的古树普洱茶、白茶中的白毫银针，泡的时候（白毫银针也可煮），确实用二沸的"得时水"泡更鲜爽（若煮白毫银针，二沸即提壶离开火源），水过老则味也老，不可不慎。至于一些白茶中的贡眉、寿眉，以粗叶唱主角的低端茶，还有一些边销类黑茶等，用水老嫩就没那么讲究。这类茶叶中茶氨类物质含量少，鲜爽度本就不高。我们日常可以看到，有的场所一直炖着一壶老白茶，这喝的是一个氛围。

文中提到古人喝茶的讲究，也是以当时著名文人、权贵、富豪的精致生活为蓝本，一般百姓也难以企及。如今经济发展，人们对美好生活的向往已可付诸实践，喝茶爱好者越来越众，不少人想喝一杯好茶的思绪也越来越浓，那就"鉴古为用"吧。

好在如今煮茶多用电器，省力许多。但喝茶的处所，冬日里用炭火煮茶、用其沸之水泡茶仍频频可见，相应的氛围由心情营造，又可触发某种心情，有时确实令人大爽。

美器，是一个小宇宙

一日，入一家紫砂壶店，见一老者摩挲着一把紫砂壶，独自品茶。见我进店，便相呼："来，喝杯茶吧。"这是茶店、壶店与客人互动之常。我说："谢谢！我先参观一下好壶。"他说："你慢慢看，等会儿喝茶。"

我逡巡有时，发现柜里确有几把好壶，但架上多是普品。便坐下来与他一起品茶闲聊。得知他是陶都宜兴人，自幼耳濡目染，对紫砂有兴趣，也收藏了些壶，年龄七十有余，年轻时做过老师，经过商，如今是吃喝不愁，租间门面喝茶打发时光。聊得投机，我问了几把好壶的价，他不肯说。他说："这几把是自己玩的，不打算出让，你若看上其他的壶，我就象征性地收点工料费，便宜点给你一把。"我说："那好，台上这把在泡茶的壶，什么价能给我?"他听此话，大吃一惊："小老弟，这壶我是不卖的，不是我要高价，这壶几十年了，就一直在我手里盘玩，都成了我的精神寄托了。你再挑挑其他的。"

其实，我一坐下，就被这把正在泡茶的壶深深吸引了。这是一把段泥扁腹壶，壶身、壶盖经主人历久的摩挲，已显得莹润如玉，放在茶台上便自然散发出内敛的光亮，似乎与和田玉籽料有某种内质的关联，一眼瞧去，其大雅大美之气无与伦比，而能上手摩挲一番，必是不可多得的享受，不羁之心将因之而安定。我想，在茶事中，能与一把好的紫砂壶为伍，人的愉悦将胜于酒徒遇上好酒。当然，这只是爱茶的我的想法，酒徒肯定不屑。人之成癖，在于有深情也。

茶界有云："器为茶之父，水为茶之母。"就功用来说，无器则无以为饮。这里的器，主要是指盛茶的各种器皿，包括碗、杯、盏、壶等，另外也涉及煮茶的各式容器，包括釜、罐、壶、锅之类。

我们现今烧水、煮茶，多用玻璃、陶、紫砂、铁、银等材质制成的壶，各种壶烧水、煮茶各有特色。玻璃壶最为直观实用，烧水、煮茶状态一目了然，赏心悦目，煮白茶中的白毫银针、白牡丹挺好；陶壶、紫砂壶显拙朴，最宜煮黑茶、老白茶；银壶能软化水质，烧水尤适合嫩芽类茶品；铁壶烧水、煮茶能析出铁元素，帮助合成人体的血红蛋白，但清洁保养不易。各人用壶习惯与感受不同，可多交流借鉴，如台湾有茶人说："我个人偏好夏用银壶冬用砂铫，尤其在台风前后，银壶的沸点可破解低压将茶香提出。"

若我们将壶、罐、釜、锅单从作为烧水的器具角度来说，那么更为核心的茶器，还是泡茶的紫砂壶、盖碗，以及盛茶的杯、盏之属。明代对壶器主张宜小不宜大，认为大则香气涣散，温度不持。本人深以为然。就紫砂壶与盖碗在泡茶上的匹配而言，本人以为老生普、熟普及其他黑茶类，还有岩茶，以紫砂壶泡为佳。而年份新的生普、白茶、红茶，用盖碗泡不失为好的选择。泡岩茶以外的青茶，紫砂壶与盖碗均是好的。当然壶、碗两种器皿泡一切茶均无不可。人们认为茶与器相宜，多是从保温、散热性能考虑的。绿茶、黄茶尚嫩，以玻璃杯泡之，色、香、味、形更为悦人。

就喝茶的杯来说，一般原则是：夏天用敞口的杯易散热，泡嫩芽茶亦当顺此法，可不致黄熟；冬天用筒杯能保温更久，且可暖手；春、秋用杯便可随心，以个人审美为指引；还有香气沁人、要聚香的茶，也以用筒杯为佳。

但人之品茶，除解渴外，更有审美情趣上的追求。唐人煮茶以青盏为上，故陆羽推崇越窑青瓷。而宋人流行点茶，则以黑盏为贵，故建盏声名大噪。宋代仅存的三只曜变天目盏，属于建盏，现均藏于日本，被奉为国宝。曜变天目盏内的蓝色结晶釉斑，会随着人观看的角度及光线的变幻而变幻，让人似乎进入了浩瀚的星空，炫彩夺目。有人估价每盏百亿，有人说值一座城池。其实喝茶到一定境界，茶已不是茶，器也已不是器，而是与美学、生活哲学、宗教等相关的精神文化了。《清稗类钞》载，某位因茶败家的乞丐，平日以行乞为生，然爱壶如命，后遇一名惜壶的富翁，出三千金欲购其壶，他也只愿"售半与君，与君啜茗清谈，共享此壶"。就近来说，2014年4月8日，收藏家刘益谦以2.8亿港币拍得明成化斗彩鸡缸杯一只，这也不是一般人能想象的。此举一出，景德镇众多瓷业经营者纷纷仿烧鸡缸杯，十几元、几十元一只的成本，根据精致程度，有的卖几百元，有的甚至卖到上千元，杀入其中的人也狠狠赚了一票。我当时想，我收藏有一只明代青花梅花杯，是不是也应去景德镇仿烧一些，送喝茶朋友玩玩。后来事务繁忙，想过就算做过，不了了之。但仿烧几只梅花杯玩玩的念头偶尔还会显现，说不定什么时候就成了。

　　古代精品瓷茶器虽美好，但稀有、价高，一般人也玩不起。茶器现今玩得挺火的当属宜兴紫砂壶。清代文人汪文柏曾云："人间珠玉安足取，岂如阳羡溪头一丸土。"宜兴古称阳羡，明末清初李渔曰："茗注莫妙于砂，壶之精者又莫过于阳羡。"紫砂壶最早的记载出自北宋欧阳修的诗句："喜共紫瓯吟且酌，羡君萧洒有余清。"而最早记录在宜兴买到茶器的是明代书画家徐渭，他在诗中写道："青箬旧封题谷雨，紫砂新罐买宜兴。"宜兴紫砂始于北宋，盛于明清，复兴于当下，名家名品如星耀目。从明代的供春、时大彬、惠孟臣，清代的陈鸣远、杨彭年、陈曼生、邵大亨、黄玉麟，到现代的朱可心、顾景舟、蒋蓉等，他们将紫砂工艺推向极致，使紫砂壶声名远播，其精品价值也不断攀升。以上的大师作品，一只壶少则数十万元、上百万元，多则上千万元，这是有拍卖记录可查的。这些壶，多在藏家手里或在博物馆里，市场上一般已不可见，若有出现，多是仿制、假冒。

有次我与朋友一道去宜兴淘壶，见一只壶尚可入眼，一问价格要二十几万元，说是名师制的壶，算是让我开了眼界。现在宜兴的紫砂壶价格往往与制壶人的职称挂钩，职称自高到低分为五级：工艺美术大师、高级工艺美术师、工艺美术师、助理工艺美术师、工艺美术员。但有鉴别力的人，往往不为虚幻的职称所左右，只要是好壶，没职称的人所制的也买，价格实惠。毕竟现在职称评定也是乱象横生，可信度不高，还是看实货靠得住。但刚入门的人得慢慢学，性急不得。什么化工壶、染料壶、灌浆壶、半手工壶、手工壶，得弄明白；再有紫泥、朱泥、段泥及其细分，也得有所了解；还有五大器型也应该在大脑里有个框架，圆器、方器、花器、筋纹器、提梁器，此外还有一些独特的壶型；各大器型又有细分，当然圆器是人们最常见且常用的，如其中的西施、石瓢、汉瓦、掇球、美人肩、仿古等，确也美不胜收，数目繁多。

器，是一个小宇宙，其美，摄人心魄。日本茶道始祖千利休对茶器的钟爱甚于生命，他蔑视权贵、豪富，即使以一座城池换他一只所爱的杯子他也是不愿意的。在面对死亡威胁时，他留下名言："只有美的事物才能让我低头。"

茶空间, 心随境转

心随境转, 或境由心造, 两者都成立。凡常之人只能心随境转, 触景生情; 而极其罕有的高僧大德无悲无喜, 八风吹不动, 情同日月, 则可达到境由心生, 不被环境所左右的境界。但我辈皆是庸常之人, 所处之境对人心情的影响可谓大矣。

人时时刻刻都在空间之中, 大的如天地, 小的如斗室，这便是境。人力微薄，大空间难以左右，小小的办公空间、居住空间、喝茶空间则可凭各自的实力与审美情趣独立打造，以使生活悦目、开心、有劲。

有人说，茶室是人生沙漠中的一处绿洲。此言不虚。那么，怎样的茶空间才能使人心旷神怡呢？在指尖敲打键盘之前，我来回踱步想了一下，脑海中浮现了三种样式的茶空间。

一是在半山腰窝风处，砌一间茶室，室前用碎石、旧石板铺地，旧石条筑台阶，空间采用砖木结构或与钢筋水泥构搭均可，但前向要有大开间的落地玻璃，方便观赏万壑松风。冬季，明暖的阳光洒进来，外面枝晃叶舞，人在室内喝茶、聊天、看书以度闲日。夏日，早晚微风自有情调，酷暑难耐，则启动空调，安享现代文明之舒爽，极目远观，树木葱茏，鸟雀箭跃，空山无人，念天地之悠悠；入夜则仰望星河，不羁思绪作无限穿越。春、秋之季，人与自然融为一体，或观云听雨，豁然悟道，或随风逐浪，乐而忘俗。

二是高楼之大平层，落地玻璃环视无碍。远眺，景象辽阔，气象万千，偶尔云雾就在脚下或窗前；俯瞰，众物渺小，车如甲虫人如蚁，有局外观棋的超脱感；而昂首苍穹，则思接千载，乘云腾雾，神游天外，幽玄而缤纷。若此境地，坐在窗前喝茶，喝的就不仅仅是茶，喝的是景色，是宏阔，是高远，是大江东去，是雄心壮志，是人生豪迈，是无际无涯。

三是平野有个小小的院落，稍离村落人迹，屋舍周围留些许土地，有陶潜"采菊东篱下，悠然见南山"的意境。当然，城中、村域有个适度的院落也算理想之选。室内布置要简洁朴拙，内敛中显不凡精神，木板铺地显得明净干爽；院落、廊道以红石板铺设，踏级用显岁月感的石条；内外种植错落有致、疏密有度的树木花卉，花，四季不败，果，时有所成。

不管哪处茶室，依据空间大小张挂几幅难得字画，放置几件珍稀古玩，将使人心情大为愉悦，一是使人开了眼界，二是满足了人对美的欲求，三是将人从具体的俗务中解脱出来。同时陈列一些稀罕的茶品，以及有历史文化价值的壶、杯等，理所当然将使空间大为增色，即使是宜兴新制的壶、景德镇新烧的杯，若是精品，也能使人心动不已。若是有好的香料助阵，空间又是一番景致。

　　以上是我一时的想象构拟，众人各有见地，十分自然，不能强加。或许连自己的想法，也会因时而易，亦不足为怪。但总的一点，一个好的茶空间，进入其间，必定会使人心生欢喜，在此度过的时光是愉悦的、开心的、平和而盎然的，不知不觉间一段时光就过去了。一个好的茶空间就是这样的，使人去了还想去，几天没去，心里就会想念着。

喝茶，不同的人，不一样的景

人喝茶有两种情形，一是独品，二是共尝。

独品，很好理解，一个人泡上一杯茶，自己喝，自我满足、自我陶醉。有时纯为解渴，有时是一种精神享受。

如我在某一时刻，打开一本好书，泡上一杯香茗，便觉天地美好粲然呈现；抑或在另一状态中，啜一口鲜爽醇浓的茶汤，兴之所至，随手敲击键盘写下些文字，盎然意气充沛澎湃；也有一款新茶到手，单纯品饮感知一番，若饮仙醪，如坐春风，生活的惬意之情油然而生。

一日，我独品朋友馈赠的其自家茶场所采的小众珍品绿茶，写了首题为《太白银毫》的诗：

我感受到春天是一粒一粒的

珍珠般的嫩芽

是阳光与雨雾爱的特写

水欢悦起来便沸腾

两者轻轻一触碰

山野的兰香便在杯中氤氲

一股鲜爽涌出生机盎然的峡谷

在舌尖萦成美妙的漩涡

偶遇朋友茶场的绿茶新品

一时难以想起谁能与之争锋

而茶的共尝又有几种不同场景。

一是闲适状。某个工作间隙有个空闲，未与人约，旋入朋友的茶店，随便落座，聊些新茶近事，话题是无轨电车，说到哪里是哪里，有相识或不识的朋友加入，也接着聊，反正茶及喝茶的场景是共同喜欢的。到时各自散去，了无牵挂，然已度过了几寸愉悦的光阴。我有一首题为《悦度光阴》的诗，描述了这样的画面：

停车，迈进熟悉的茶店

有朋友在

喝各式茶，随意品尝

又有朋友来

信息斑杂，谈一切话题

心的门一扇扇打开

兴尽，各自散去

许多时候并无约定

生活呈现鲜活、自在

有缘便潮一样聚集

在一起悦度光阴

也有例外，因茶成友。我一位慈溪的企业家朋友就是在一家茶店里相识的，当时他在喝茶，我也在喝茶，一交流，有话缘，便留下联络方式，后成了好友，20多年过去了，至今往来仍意气相投。

二是生意态。有生意要合作、要商量、要交流，大家对茶又有同好，找处茶室泡上茶，细细谈来，条分缕析，往往清醒而有理性。这样的场景里谈事的人，所谈的事，都比较靠谱。不像在酒的氛围里，酒越喝越高，口气越来越大，许多事谈着谈着就豁边了，难以当真。而茶既使人兴奋，又使人清醒，谈事既有激情，又详尽周到有逻辑，大事往往易成。这个时候，喝茶其实喝的不是茶，是生意，是对未来美好生活的向往。

三是纯茶聚。这是嗜茶者的盛会。古人云："同声相应，同气相求。"这与"同频相吸，同趣相乐"是一个意思。嗜茶者每得一款好茶，似获珍宝，往往想在某一时刻与同趣者分享，营造一种物华天宝、光照众人的

氛围。纯茶聚，多发于新茶上市时节，譬如每年春茶初
上，尤其是茶魁西湖龙井面市，多有同好者相聚品茗的
场景。如今茶品众多，各大茶类均有珍品佳茗，有嗜茶
者如获名山古树珍品普洱、高货名丛岩茶、荒野白茶老
银针、小众稀罕珍茗等，也常与茶友分享。这种分享无
论春秋冬夏、白昼黑夜、阴晴雨雪，真正痴于茶者均若
蜂蝶逐花。对爱茶者来说，品茶是一种温润的色调，一
种悠闲的氛围，一种生活的亮度，一种飞扬的神采。我
打趣地说，茶是有酒精度的，许多人醉在里头了还不以
为醉。同趣者聚在一起，品饮着大自然的恩赐，感受着
天人合一的意境，快乐幸福浸透全身以至心灵，这可说
是既得茶道，又悟天道了。

　　再就是友人相会。茶是一个包容的平台，无论俊男
倩女、权贵富商、贩夫走卒，只要是朋友，均可欣然就
座喝茶。其间，谈人生、谈事业、谈感悟，聊生活、聊
感情、聊梦想，话艺术、话哲学、话文化……融洽而自
在。人因喝同一壶茶而显亲近平和，使人更呈现本来面
目，均显得轻松而自在。这种场景，喝茶喝的不仅仅是

茶，喝茶喝的是生活，是友情，是情怀，是继往开来。

　　就此说来，与谁一起喝茶，这是个问题。与不同的人喝茶，给你带来的体验是截然不同的。一人一景，人人是景，有的辽阔，有的深远，有的高峻，有的平和，有的粗犷，有的细微，有的简约，有的极致……在场的人，也会因此而融入其中。应该说，喝茶是丰裕生命的一种体认，是愉悦人生的一种享受。

　　茶是一个小宇宙。对沉醉其中的人来说，其内蕴是无际无涯、无穷无尽的；对其美好的期待，也是无际无涯、无穷无尽的。

后记

　　繁花盛放的五月，下了数日雨后，这几天艳阳朗照。此种气象，万物迅速生长且十分茁壮。向外望去，树叶都油绿发亮，一派蓬勃向上的新姿。

　　万事所成，念头是萌发的芽。一芽既发，赋予韧性，其势便不可阻挡，是草是树、是鸟是龙，假以时日

229

总会呈现。

朋友们的事业，都遵循这一自然法则，各有生长，草树纷呈，鸟龙自飞。其间，既有兴高采烈、觥筹交错，也有扼腕长叹、默然凝思，但对茶的爱却是不离不弃，不为事业起伏所左右，这种喜欢是内在的、长效的、饱满的，已经融入各自的生命之中，成为生命飞扬的一种程式。

生命是什么？生命是本性在一段时空中的璀璨绽放。生活难免浑浊，但生命理应通透，而茶是澄澈的。

《茶门》起念于此，写写停停，渐有形貌。朋友多有催问什么时候可以一观，在此时刻，我对其他也多有发心，如原野之花触发，其色绚丽缤纷，其香弥漫幽远，以致兴味盎然，此稿就顺势先画个句号，今所呈现的是草是树、是鸟是龙，读者应各有所感，各有嫌爱。我暂且放下，由它自在吧。

《茶门》乃天地之草树鸟龙，它成为同频者心中一道亮丽的景色，这是毋庸置疑的。

后记

在此，我要特别感谢我的兄长陈召军先生。他对我写作的进程多有催询，使我不敢多怠，终有所成；他还凭借深厚的专业功底认真审阅了全稿，给我以指正与鼓舞。

以同样的心情感谢所有关爱此书的亲友，以及为此书的精美出版而付出辛劳的编辑、设计、排版、校对等诸多人员。事有所成，全仗众心襄助，我深明此理。

2024 年 5 月 15 日